混搭天后

小教授vivi穿衣淘货经

小教授
vivi
著

漓江出版社

序：聪明买、巧心搭的快乐生活

PART ONE 小教授vivi造型搭配现身说法

PART TWO 小教授vivi搭配造型室

PART THREE 寻宝秘籍

目录

序：聪明买、巧心搭的快乐生活

如今这个年头，"cheap chic（简一代）"、"smart shopping（聪明购物）"都是最时尚的口号，西方的年轻人最流行的购衣方式就是捂紧钱包、聪明选择，越来越反对把钱花在奢侈品消费上，转而掀起一场时装搭配的简化运动。

"贵+平"、"新+旧"的混搭，让人们用最少的钱，搭配出时尚。如果身为普通白领的你全身一线名牌，只能说明你没经济头脑，发现不了到达品位的捷径——那就是买到价格合理、不需让钱包大伤元气的商品。寻找便宜优质的二线品牌，在个性小店和二手店中淘宝才是今日的时尚新规。

当然，"聪明购物"不是让你只买廉价品，从长远来看，那些设计经典的款式，就算并不便宜，但能穿上很多年，甚至代代相传，这样既省钱，同时也保护了环境。也就是说，只要选对基本款，并且搭配得当，很多旧衣依然能够焕发出新的光彩。

此外，《时尚芭莎》杂志的副主编Sarah Bailey还有个窍门："'偷'你爱人衣橱中的衣物是个不错的方法。可以借用男友的西装外套和腰带等饰物，夸张的男性肩部设计会让你看起来超有型，并让你的轮廓更时髦！"不错，男友的衣橱、老爸老妈的衣箱、闺蜜的储衣间，都是你发现宝贝的好地方，不论是"偷"、是借，还是交换，都能让你可资利用的搭配单品成倍增加。

5个让衣橱变聪明的方法：
买基本款：它们可以穿很久
有创意：自己动手DIY
光顾折扣店：好时装不只流行一季
尝试换衣：与亲友交换服装
环保：循环利用旧物

美国版《VOGUE》杂志的主编Anna Wintour也曾说过："消费者不会再像从前那样购物了，她们会买那些更实用、更有意义的东西，这样也能带来更多的快乐。"

是的，快乐不是用金钱买来的，而是源自巧心生活的幸福感。只有认真生活、认真发现美，靠智慧活出精彩，才能把生活过得更有滋味！"只买对的，不买贵的"，无论衣服价钱是贵是廉，只要穿出自己的风格，都会焕发最动人的魅力！

——小教授vivi

PART ONE

小教授vivi造型搭配现身说法

省钱搭配 终极秘籍

找到属于你自己的风格

一定要了解自己的性格、爱好、气质，对症下药，坚持下去，不受潮流左右，不做肤浅的跟屁虫，形成你自己的穿衣风格。

平日可以多看一些以搭配为主的时装杂志，从杂志中寻找搭配灵感特别是日韩及港台地区的杂志，因为它们强调的搭配比欧美明星更适合我们的身材与面貌。

还可以多逛逛商场的品牌专柜，借鉴专柜里由专业人士搭配好的模特样板，不妨多按照模特搭配试穿几套（反正试穿也不要钱，还可以充分利用试衣间华丽丽的全身大镜子），对于搭配新手来说，这是最快地找到适合自身风格服装的好方法。

但是不建议完全照搬专柜模特样板，把模特身上的全套衣服买回家是最丧失自我风格、也最容易满大街撞衫的做法。我们学的是搭配的精髓，掌握了适合自己的风格后，完全可以去小店淘一些价格更实惠、款式也更独特的"神似"服装。

这样，就等于既有业内人士为我们做了免费的搭配建议，又以最经济实惠的方式让自己的全身行头走在潮流尖端，并且很好地保持住了自我风格，何乐而不为呢？

注意

带着明显LOGO的服装最容易让人具有"暴发户气质"，令别人轻易就能看出你的Level。聪明的穿法是将大牌、小牌、小店货混搭，既不浪费金钱，又能不被名牌左右。不妨将买回来的衣服背后的商标剪掉，让你自己的名字成为这件衣服唯一的标签！

关于搭配中的加法与减法

潮流单品无数，当大量的时尚信息砸向我们时，可不要把时下流行元素统统堆在身上，一定要理智地避免把自己打扮成一棵杂乱无章的圣诞树！

在搭配的课题里，加法比减法要费事得多，Mix&Match绝不是以量取胜，稍不留神就会弄巧成拙，你不但需要在挑选单品时眼光独特，还要在搭配中让不同性格的衣衫配饰碰撞出恰如其分的火花。

加法

········ 入门级选手不要学高手搭太多层衣服，特别是太富设计感的单品，搭多了会很杂乱、没有章法。

········ 服装要选择不同质感的材质，有对比感的材质比较容易有层次，而点睛之笔要留给配饰。若一身衣服都很素，可以加一条鲜亮抢眼的围巾或包包。

········ 不要盲目追求名牌或潮流，明明不适合自己，硬要添在身上，不但不会加分，反而会看起来不伦不类。更不要将一身大牌LOGO穿在身上，要注重小细节，才能衬托出整个人的气质。

减法

········ 单品越简单的越好，因为越简单变化越无穷，能制造的可能性越多；而本身动用设计感太多的单品，到购买者手里，剩余的价值和搭配乐趣就所剩无几了。

········ 如果一件衣服已经很有设计感，配饰就应该减去，不要贪婪地妄图把每一个细节都做到极致，那样反而让人眼花缭乱。

········ 你心爱的各种配件，要分别合理运用在不是很有亮点的衣服上做搭配，这样每一身服装都能出彩。

人无完人，要聪明地藏拙

不要说咱们普通人，就连那些气宇轩昂地走在星光大道上的女明星们也未必个个都有天生完美的身材，她们之所以光彩照人，关键在于后天的穿着打扮。

女人一定要了解自己，要根据自己的特色、体型选衣搭配，没腿就露锁骨、没胸就露腰，对症下药，才能视觉瘦身，穿得有型有款。

此外，一样的单品，有的人穿起来有款有型，有的人却平淡无奇，内中玄机藏匿在小细节中。折起裤脚边的小直筒裤可以让你从严肃变身俏皮；反折的西装袖子从沉默中迸发出干练利落……希望MM们从中获取灵感，制造出属于你自己的、独一无二的个性与时尚。

矮个MM

不穿 身材娇小的你要杜绝大胆抢眼的图案和视觉加宽的横纹。

穿 竖条纹服装有助于拉长身型，高腰短裙短裤会拉长腿部比例。

丰满MM

不穿 太过宽松的衣服，只会显得更加横向。

穿 合身甚至有些约束力的衣服，大V领露出你的锁骨和丰满的胸部曲线。

阔臀MM

不穿 紧身牛仔裤、大口袋工装裤。

穿 不贴身的暗色系花苞裙、A字裙，遮盖住宽大的臀部。

壮腿MM

不穿 铅笔裤、七分裤。

穿 萝卜裤、阔腿裤、及膝娃娃裙，遮盖大腿缺陷。

聪明购衣与搭配

女人们永远都会抱怨衣服不够穿，哪怕衣柜已被塞到爆还是觉得缺少N件。但是就算你资本雄厚，赚钱也毕竟不易，况且衣物过多还要专门为它们买屋置地，更是一笔大开销。所以，我们一定要学会聪明地搭配，可以让你花费少少，却天天靓丽动人。

基础1： 太流行的服装要买便宜的

太流行的衣服很容易过时，所以要买实惠的单品。

不要被奇奇怪怪的前卫款式所吸引，看上去不起眼的基本款式，才是最实惠最经济又最派得上用处的。

一件简单的针织衫看似单调，变化起来却是异常丰富：干练、优雅、性感、活泼……各种场合它都能应付自如。所以，会扮靓的MM衣橱里绝对少不了这些针织基本款，一件能抵半个衣橱的精致。

白色不仅是百搭色，还能让女人显得更加美丽，选择在简约的设计上添加了褶皱、拼接等细节的，可以添加女人味。

如果你已经有同类型的款式，那么再经济再美丽的服装，也只是对以前服饰的重复，不必再列入你的购买清单。

在最后结账之前，再将你选中的衣物仔细地审核一遍，看看是不是件件都物有所值、实用又实惠。

基础2：
连衣裙要选择可以通过首饰等饰品改变风格的简约款

选择一款简约设计的连衣裙可以通过饰品来改变风格，无论是单穿、叠穿还是搭配牛仔裤都是最佳选择。添加自己最爱的饰品更能享受搭配的乐趣。

以容易与外套搭配的色彩和款式为主，例如黑色、灰色、咖啡色系，或者暗红、紫红、墨绿等色调。

流行的碎花图案，看着想买但又不知道如何搭配，担心会不会显得太小孩气？与有质感的简约基础色的单品搭配是最佳的选择，不会过于可爱但又有女人味。

基础3： 要选择一款百搭的外套

选择一款可以随意搭配、具有一定设计感的外套，无论是与连衣裙还是裤子搭配都是最佳选择。

色彩上尽量以单一色系为主，避免穿多色拼接款式，全身上下不要超过三种颜色。黑色、深蓝色等可以塑造稳重的专业形象；灰色和米色给人的视觉压力较小；女性居多的工作环境，还可以尝试暗红色。

在款式上以剪裁立体、线条简单的为主，避免复杂的设计。无论看上去有多完美的服装，在购买前一定要试过，以确定所有的细节都适合你的体型。

基础4： 要重视服饰配件

鞋、帽、手套、围巾、手袋等服饰配件，往往看起来不起眼，但在改变你的整体形象上起着更大的作用。

鞋子 挑选一双简单、不容易过时的款式。色彩以黑色、深色为主，鞋子的颜色比服装颜色深，才能给人端庄的印象。

包包 与其全身名牌一派暴发户的嘴脸，不如着重购买名牌手袋，因为你可能天天换不同的服装，但却绝对不会365天都拿不同的手袋上班，所以，以使用的频率来计算，投资一个名牌的手袋绝对是明智的选择。当然，你也不必完全有样抄样地拷贝明星街拍的款式，寻找适合自身服饰风格的包款，才能带你杀出"山寨It girl"的重围。

男装 建议你去试试男装女穿，男装的小号比你想象中的要玲珑许多，你在男装柜台准能买到合适又帅气的单品；另外，听没听过大码童装？这也是防止撞衫的好选择！而且，无论是童装童鞋，还是断码超小号的男装，价格都比新款女装便宜不少呢！

旧衣搭配DIY

不要以为完美的搭配就是要天天购置新衣，那样既浪费金钱，更是对环境的亵渎，其实只要手下勤快，旧衣物照样可以成为你的搭配佳品。

﹍﹍﹍将衣服原有的领边和袖口剪去，再用其他材质混搭出领口和袖边；用拼布、纽扣、蕾丝花边、各式链子装饰在衣服上；在衣服的下摆处缝出别致的装饰线。

﹍﹍﹍把长袖T恤剪短，或者把高领打底衫的高领剪掉，变成露出锁骨的大圆领口，剪后形成的自然卷边，与时下众潮牌大热的仿旧款不谋而合。

﹍﹍﹍出口转内销的尾货中，不乏真丝、亚麻等好料子，而且价格便宜得惊人，三五元钱就能买一大件，但这些欧版断码服装由于号码奇大，装下两个人都富裕，很多MM就放弃了，其实我们不妨变换思路，拿它们来做睡衣、家居服，宽松又舒适，甚至剪裁一下做丝巾也未尝不可啊！

﹍﹍﹍家里的旧毛衣、旧毛裤、旧呢大衣，甚至是旧毛线，都可送到有专门机器的加工点，以每公斤8到10元的价格打成毛纤维，作为自制小棉服的填充物。

﹍﹍﹍旧衣改造还有不少方式，比如可以将衣裤改成手提包、环保袋，还可以做笔记本的外套。

要相信，每个聪明女人都是美丽的！

PART TWO

关注服装潮流的女生常看时尚杂志来丰富潮流的信息，其中各种日系时装杂志早已经成为我们身边重要的穿衣风向标，从十几年前最早引进中国的《瑞丽》，到《昕薇》、《米娜》等，模特们的搭配风格或甜美或轻熟，让人第一眼看到就会很有好感。

日系搭配中浓浓的亚洲风格让我们容易找到一种亲切感，适合亚洲人的身材比例与相貌特质，因此成为我们多年来模仿的主要潮流风标。

日系装扮习惯将淑女罩衫、碎花褶皱、立体拼接等元素巧妙结合，带来简约的田园感、家居感服饰，又能及时把握全球流行动态，随时将英伦风、高地风、波西米亚风等糅合其中，形成一种优雅与流行共存的美感。

于是，日系搭配这种将视觉协调感、舒服浪漫感、唯美气质感集合于一身的搭配风格成为众多MM的大爱。要穿好日系服饰，搭配是关键，搭配可以突出身材的优点，掩饰自身的不足，更可以让一件衣服搭配出不同的风格。

第一节 摇身变作《Ray》《ViVi》《mina》大模儿
——日系搭配

日系搭配关键词：叠穿

杂志上那些日系麻豆们教给我们最多的应该就是混搭叠穿了，只要搭得巧、叠得妙，即便只有150多厘米的身高，也能显得分外高挑纤长。

混搭叠穿就是要自由发挥，将各种时尚元素融合，通过款式、色彩、材质层层展示，打造专属于自己的低调的华丽。

叠穿法则一：材质混搭

叠穿效果的直接影响元素就是色彩与材质的对比与融合，不同质感、面料的混穿组合会营造不同的风格，带来意想不到的效果。柔软与硬挺的搭配，看似不融合，其实反而可以突出不同面料的特色，当然，也突出了你的性格。

法则：

┄┄┄ 温柔的雪纺 + 中性的牛仔，给阴柔唯美的女生加一点硬朗气质。

┄┄┄ 细腻的丝绸 + 质朴的棉布或亚麻，让田园美女散发雅致的华丽。

叠穿法则二：色彩混搭

　　色彩混搭的口号就是"不按常理出牌"，当然，混搭叠穿在色彩方面也有讲究，不是任何颜色都可以穿在一起，过于斑斓的色彩只会让人对你的着装品位产生质疑，且显得十分稚气。日系糖果色虽然给人一种邻家MM的亲切味道，但亮色有一两处即可，其他服装请选择基本色。

法则：

┄┄┄┄ 同色混搭：内外衣装的颜色为同一色系，或互有呼应。

┄┄┄┄ 撞色混搭：把艳丽和低调的颜色混穿，但所选择的服装单品在风格上要一致。

叠穿法则三：长短混搭

　　选择袖子长短不同、衣领高低不同或下摆长度不同的服装层层堆叠，可以为轮廓增加层次，层出不穷的变化就是你可以借助的视觉扮美方法。层次最重要的是面积的使用，所以，用好面积是打造完美层次的关键所在。

法则：

┄┄┄┄ 不要盲目追求多层次，层次过多会显得沉重邋遢，一般控制在2~4个层次最完美。

┄┄┄┄ 衣领、袖口和衣角边缘处的不规则叠搭都会成为整体造型的点睛之笔。

叠穿法则四：风格混搭

　　可爱风、运动风、淑女风、田园风、校园风、民族风……不同服饰风格也可以大胆混搭在一起，因为叠穿本身就是凸显个性的穿法，只要注意颜色搭配，遵循整体气质的统一，你就可以一人分饰两角了。

法则：

┄┄┄┄ 风格可以冲撞但是不要矛盾。

┄┄┄┄ 一次只可以混搭两种风格，太多风格混在一身就有人格分裂的倾向喽！

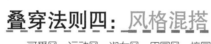

日系叠穿TIPS

配件	鞋、帽、包、围巾等配件千万不可忽略，它们也是混搭中的重要角色，是画龙点睛还是画蛇添足，就看你的选择是否正确了。
饰品	腰间或胸前的小饰物最能体现情趣和态度，柔媚的蕾丝、优雅的珍珠、粗犷的皮革……都能为你的混搭造型锦上添花。选择饰品时不需闪光名贵，只要展现出一种浪漫的风格，一种温暖的气息就够了。
忌讳	身材比较丰满的MM要慎选叠穿法，因为过多的层次会显得人臃肿不堪；而太瘦的MM则可多加几层叠穿，总之，一定要针对自身的特点取长补短。
发型	用密齿梳将头发倒梳，制造蓬松效果，然后低低地绑两条辫子就好。或者在头后偏上位置随意梳个发髻，不要那种一丝不苟的服帖感，要的就是蓬松的小凌乱。

几分闲适，几分慵懒，几分优雅，几分个性……叠穿混搭，轻松把美丽搞定！

日系服装品牌小总结：

　　翻翻杂志就知道，日系服装品牌多如牛毛，统统介绍全恐怕写一整本书都不够，这里只给大家几个在国内市场容易见到的，或在日式风格中有代表性的品牌。

伊都锦Itokin

　　很多女生都曾把"ELLE伊都锦"与"Itokin伊都锦"搞混，在这里先给大家简要区分一下：

　　《ELLE》是一本专注于时尚、美容、生活品位的女性杂志，1945年创刊于法国，《世界时装之苑ELLE》就是《ELLE》的中文版。《ELLE》服装以红、白、蓝为主色调，旗下有ELLE SPORT和ELLE PARIS两个各具风格的女装品牌。

　　而我们重点要介绍的是日本的"Itokin伊都锦"，它不是一个单纯的服饰品牌，而是一系列品牌的综合体。伊都锦Itokin公司是在日本具代表性的服装公司，拥有30多个品牌。创办于1950年的伊都锦公司总部设在日本东京，其分店分布于日本各大城市，事务内容包括生产、零售及进出口男女及儿童服装系列、人造花卉、家具及家居装潢。

　　伊都锦Itokin旗下品牌众多，包括：L.H.NEW、YORK、MICHEL KLEIN(MK)、MK KLEIN+、c.aujard、M'CJ'N、OFUON、A.V.V、Iimk、HIROKOKOSHINO、FRANCOFERRARO、LANCETTI、GIANNILOGIUDICE、ESPIE、Sybilia、Jocomomola等。

主要品牌定位：

IIMK　16～19岁少女品牌。

MK　20～25岁时髦流行年轻上班族品牌。

MK KLEIN+ 20~30岁年轻上班族全方位生活提案品牌。

OFUON 25~30岁时尚上班族生活提案品牌。

MICHEL KLEIN 25~35岁国际潮流设计
概念，高质感的上班族整体搭配提案品牌。

HIROKO BIS 40~50岁对流行敏锐的设计师
品牌。

官方网站 http://www.itokin.com

　　Itokin伊都锦旗下主要品牌在国内大商场中均
有专柜，在部分省市还有Itokin伊都锦商厦，全线
售卖Itokin伊都锦各品牌服饰物品。

　　而由于Itokin伊都锦服装的生产主要是在中
国，所以也有大量外单尾货流向了全国各服装
批发市场、尾货市场，在小店中找到质优价
廉的原单并不困难；不过，也由于Itokin
伊都锦的服装较受欢迎，所以出现了
越来越多的仿单，大家在淘宝时一
定要注意。

2 Honeys

　　Honeys诞生于日本东北的福岛，
被认为以ZARA的时尚融合UNIQLO的价格，是一个在日本非常有影响力的
Fast Fashion品牌，以3天一家的速度在日本继续扩张。

Honeys由4个品牌组成：

CINEMA CLUB 以18~30岁女性为对象的可爱风格。

GLACIER 以20~29岁职业女性为对象的神户系风格。

J-HONEY 以15~35岁的女性为对象的运动休闲风格。

C.O.L.Z.A 以15~25岁女性为对象的性感时尚风格。

官方网站 http://www.honeys.co.jp

　　Honeys在国内商场专柜中的价钱比较便宜，比伊都锦Itokin的风格更少女化甜美化；
Honeys旗下各品牌也是服装市场中常见的，并且其中原单较多，有时甚至能淘到专柜的
同步新品，而价格却只有专柜的零头。

OLIVE des OLIVE

03

OLIVE des OLIVE品牌始于1984年，自生产到商品的陈设都以"充满活力的服装才是最受欢迎的服装"为原则，为拥有敏感的时代感、喜爱音乐、艺术的19～25岁女性量身定制。

OLIVE des OLIVE融合法国的传统设计，体现出拥有女性味道、阳光、新鲜感的服装，将蕾丝、绢绸等轻盈柔软的材料与勾勒女性曲线美的布料等材料自由组合，制造出"使女性能心情愉快，享受休闲乐趣"的服装。

官方网站 http://www.olivedesolive.tv

OLIVE des OLIVE在国内专柜中的售价比Honeys系列高些，但是质量很好，非常的日系田园风；服装市场中这个品牌的原单仿单质量良莠不齐，需细心挑选。

优衣库UNIQLO

04

UNIQLO是Unique（独一无二）和Clothing（服装）这两个词的缩写，内在涵义是通过摒弃了不必要装潢装饰的仓库型店铺，采用超市型的自助购物方式，以为消费者提供"低价良品、品质保证"为经营理念。

UNIQLO最受顾客喜爱的是它层出不穷、设计别致的各种T恤，或与日本著名动漫作品合作，或由个性设计师设计，或与各企业联合出品，每年UNIQLO都会推出上百款图案新颖的T恤，每一件作品都极具独一无二的设计感。

官方网站 http://ut.uniqlo.com

优衣库在国内专柜的价格不高，且时常推出优惠活动，T恤有时以39元甚至19元的低价就可以买到；尾货市场里也能发现优衣库的原单，售价就更低廉了。

graniph

5

"Design T-shirts Store graniph"，这是一个类似于优衣库的一个日本T恤品牌。崇尚多元化的个性、思想性和故事性设计，收集世界各地文化、景观、动物图案，集结世界各国知名设计师或插画大师设计，印烫到简单的T-shirt上。

官方网站 http://www.graniph.com

中国内地现在还没有graniph的专柜，但是可以直接从日本网购，价格也并不离谱；服装市场中这个牌子的T恤也越来越多见了。

decora

6

vivi个人推荐的一个小品牌，在日本众多服装品牌中也许并没有什么名气，但是设计非常独特，以法式休闲风为基础，融合了多种风格，材质多为舒适的单色棉布，个性化的剪裁令人喜爱。

官方网站 http://item.rakuten.co.jp/decora

国内没有专柜，但可于日本网购，或在服装市场中淘淘尾货。

此外，Super Lovers及i.t.旗下的众多日系品牌都将在后面章节中详细介绍。

从荧屏走下来的
韩剧美少女——韩系搭配

张艾嘉曾有过很精妙的总结："女人失落时，一定是左手ice cream，右手韩剧。"浪漫的故事加上俊男美女的深情演绎，让众MM无可救药地爱上了韩剧，也让MM们都有了成为韩剧女主角的梦想：像她们一样拥有美好的爱情，像她们一样拥有美丽的服饰……本节就来帮你实现这个梦想，解析韩式服饰的搭配绝招，让你像韩国女孩那样清新时尚，变身成为女主角！

韩式搭配第一类：随性街头感

韩国女生总可以简单地穿出街头最有型的装扮，她们的身上流露出的那种淡淡的酷感，发挥出些许"中性诱惑力"，成为很多女生喜欢的风格。

其实，正所谓简单就是王道，简单的搭配也可以吸引到别人的目光，T恤、牛仔裤、球鞋、帽子，只要选对款式和颜色，就能让街头活力变奏出时尚灵感，并且暗合正值流行的"中度诱惑"，随性且有型。

款式1：卫衣

韩国MM搭配中超实用的服装单品，非卫衣莫属。传统搭配中，我们只在秋冬季将卫衣当作保暖的小外套，但韩国MM却更喜欢在春夏穿着，略微宽松随意的连帽卫衣，搭配精干的短裙短裤，"上松下紧"的配合，别有一种帅气的味道。颜色上以灰色、白色、米色、咖色等素色为宜。

款式2：T恤

　　韩式搭配中的T恤简洁素雅，却能在细节上取胜。轻薄的面料、宽大的款式，内搭一件吊带或工字背心，稍稍露出一侧玉肩，一派韩式休闲意味，而鲜活的图案更是不能少的设计元素。哪怕只是和牛仔裤搭配，都能将流行感穿出来，不过一顶吸引眼球的帽子也很重要喔！

图案1：条纹

　　清爽的条纹是今年的热门元素。大大的圆领可以搭配挂脖吊带，若再加上蝙蝠袖宽松款式的设计，休闲的同时流露出些许小性感；也可以在条纹外加一件黑白灰色调的马甲，简单但穿出了层次感，搭配热裤或紧身牛仔裤，让身形更加显瘦。

图案2：格子

　　当韩国女星们纷纷身着格子单品服装时，潮流已经无需多说。格子的本身特性就是将中性风进行到底，想要很帅气的韩式街头装扮用格子就更没错了。用格子衬衣搭配牛仔裤，再加上一顶极具韩国风的棒球帽，令造型整体透出随性气息。

韩式搭配第二类：轻熟女人味

　　如果你是刚刚毕业的职场新人，希望着装打扮既符合职场的沉稳内敛，又不失年轻时尚，不妨向韩剧女主角取取经，用成熟的韩式搭配来增加女人味。

　　要提升整体形象，黑白灰素色相配是绝对首选，棉质针织衫的舒适度可以让你保留崇尚自由的个性，平底小靴的帅气会让你自信独立的气质脱颖而出。简洁明快的混搭组合出几分内敛的味道，提升自信。

单品1：白衬衫

　　白衬衣在时尚舞台上被反复咏叹，无论是泡泡袖、蕾丝边、尖角领等装饰戏剧主义风格，还是剪裁精良、设计简洁、细节处有惊喜的造型，学习韩剧中职场女性的穿衣方法，这件奇妙的单品都可以将你的艺术气质、单纯个性烘托得恰到好处。

单品2：高腰连衣裙

　　上世纪70年代盛行一时的高腰瘦身廓形设计的连衣裙重新回潮，韩国MM把它带到了时尚顶峰，提高腰线的设计适合亚洲人的娇小身材，令你无论工作还是休闲都倍显干练。

质感1：丝绒

光泽质感的丝绒是韩式搭配的标志性元素。带着淡淡的性感味道，配上干练、简洁的轮廓，为层次感的搭配加入新意，造就轻松随意的华美感。

质感2：针织

在忽冷忽热的季节，轻薄的针织衫是绝不能被我们放进衣柜的，搭配OL式裙装也好、牛仔裤也罢，在有些冷的早晚，或空调冷气的室内，它是你最佳的百搭助手。

白色尖领衬衫加马甲再加开身针织衫，标准清新的Office Lady打扮。如果再配上条轻柔材质的小领巾，马上能让你妩媚中透出干练。

韩国MM每人都会拥有多件颜色各异的针织衫，你也要准备几款哦！

韩系服装品牌小总结：

1 E-LAND衣恋集团

作为韩国最大的时装流通专门企业，创立于1980年的衣恋集团，已拥有时装品牌30多个。

除了我们熟悉的以小熊形象为LOGO的E-land和Teenie Weenie以外，其实还有很多我们在商场中常见的品牌也是属于衣恋品牌旗下的。

旗下主要品牌：

E-land 衣恋公司的第一品牌，以20岁以上的年轻男女为对象，追求美国大学校园的休闲运动着装风格。

Teenie Weenie 以熊家族故事作为背景，推出颜色亮丽的男女休闲服饰，适合追求时尚的年轻人穿着。

WHO.a.u 以Californian Dream为基本品牌理念，顾客定位在18～28岁，国际化的大型男女装品牌，体现年轻人崇尚自由、勇于挑战的精神。

Scat 牛仔休闲女装品牌，是性感（Sexy）、可爱（Cute）、猫（Cat）的集合。

Prich 正统美国经典风格，满足年轻女性工作和休闲各种场合的服饰需求，表现自豪感（pride）和富足感（rich）。

Roem　适合25~30岁女性，综合了浪漫主义风格以及时尚感的现代淑女装品牌概念。

So Basic　有灵敏度的男女大众时尚休闲装品牌，继续秉承美国传统休闲风格。

Teresia　设计精髓在于贵族女士高雅灵魂的体现。精致而优雅，诠释着上流社会女人奢华的生活方式。

HUNT　男装，品牌风格为AMERICAN NEW CLASSIC，该风格源于英美上流社会的传统生活方式。

Eblin　定位于时尚元素和古典特色相结合的法式风格内衣品牌，目标顾客群是25岁左右都市女性。

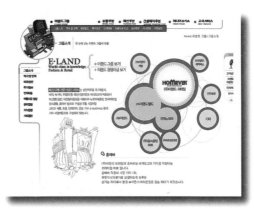

Body Pops　为时尚且趣味的年轻女性准备，是令全球年轻人狂热的俏皮性感风格内衣品牌。

Paw in Paw　色彩鲜艳明亮，充满童趣和欢乐的童装品牌。

Cocorita　主要由Dear、Sensitive和 French Basic三个系列构成，呈现极具法国风情的高档小童装。

官方网站 http://www.eland.co.kr

Basic House百家好集团

Basic House在韩国是家喻户晓的知名品牌，销售业绩是全韩国服装业界知名品牌中的佼佼者。1996年在韩国成立，已经成长为目前韩国服装品牌中知名度和销量双第一的品牌，在韩国非常受大众欢迎。公司的经营理念是：NOT BIG, BUT GOOD!

百家好集团定位多样化，适合于不同年龄层的消费者，并且针对不同年龄层的消费者开发了多种系列服装，旗下品牌包括：

生活休闲品牌——Basic House（主打品牌）

商务休闲品牌——Mind Bridge（适合追求时尚消费的28~34岁的上班族）

女性休闲品牌——Voll

男性休闲品牌——Scott Basic

娴雅生活风格品牌——THE CLASS

高贵优雅女性品牌——DIACE

官方网站 http://www.basichouse.co.kr/

ASK

ASK服饰是韩国休闲装市场的主力军。ASK以自然和古典两种要素为基础，进行了各种色调的搭配、式样的创新、强烈的底色调，是韩国10大受消费者欢迎的品牌之一。

在韩国，ASK不会找明星作代言，而是明星们来找ASK。李英爱、东方神起、Fly to the sky 、BoA、Babyvox、沈恩珍、车太贤、神话、TAKE李民赫、SEA、李孝莉、Rain等都是ASK的忠实粉丝。

官方网站 http://www.ask4.co.kr/

4 Thursday Island星期四岛屿

Thursday Island星期四岛屿是韩国年轻的休闲品牌，其名称来源于1789年英国军舰在澳大利亚东北部海角York西北方向35千米处发现的一座美丽小岛。

健康，性感，舒适，自由，充满活力是该品牌的设计理念，主要为20~24岁、个性、自由而感性、懂得享受自己生活及具备责任感和自由的文化意识、喜欢旅行的人设计。服装制作采用棉质感、自然、实用的手工面料。

官方网站 http://www.thursdayisland.com/

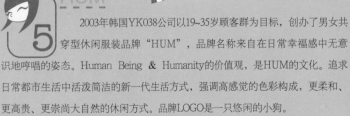

5 HUM

2003年韩国YK038公司以19~35岁顾客群为目标，创办了男女共穿型休闲服装品牌"HUM"，品牌名称来自在日常幸福感中无意识地哼唱的姿态。Human Being & Humanity的价值观，是HUM的文化。追求日常都市生活中活泼简洁的新一代生活方式，强调高感觉的色彩构成，更柔和、更高贵、更崇尚大自然的休闲方式。品牌LOGO是一只悠闲的小狗。

官方网站 http://www.hum-hum.com/

无论是人人争看的美剧《绯闻女孩》，还是各大网站上大热的欧美街拍，无不昭示着欧美系搭配的崛起。相对于细腻到每一个袖口针脚的日韩式服装，欧美服饰貌似更随意。但随意不代表随便，他们更注重整体大气，而不忽略细节。欧美风注重展示自我特性，没有强迫感，扮好欧美风装扮，其实是很容易的事情。

欧美对时尚的感知力自然也是领先一步的，看看街头路人的穿着和明星们的日常街拍就能了解一二。让我们把目光对准欧美街头，看看欧美范儿到底该怎么穿。

第三节
欧美明星街拍给我们的启示——欧美系搭配

经典的"买咖啡装"

喜欢欣赏欧美街拍的MM，肯定熟悉这样一幅画面：大明星们脸戴墨镜，手拿咖啡纸杯，健步飞驰在大街小巷中。稍稍总结，此画面中大部分明星的打扮往往就是：T恤+围巾或马甲+磨白牛仔裤+人字拖，真是说不出的潇洒倜傥啊！就用这套潇洒装，来配合你周末午后悠闲街头的风姿吧。

白色纯棉T恤、条纹背心，经典百搭，贴身舒适，随意又方便；宽松牛仔裤，非常符合周末有点慵懒的状态；再配上一只朴实但不普通的帆布包，简朴材质一点也不会减少你身上的优雅感觉；最后是必不可少的墨镜一副和咖啡一杯，相信出现在街头的你马上能成为一颗惹人注目的Super Star！

关于外卖咖啡纸杯和都会时髦程度之间的联系，我们可以通过《欲望都市》以及《穿Prada的女魔头》等若干影片来确认。在好莱坞明星街拍中，外卖咖啡纸杯的出现次数堪比It Bag和超大墨镜。我并不想呼吁大家都去咖啡店买外卖咖啡，而是从另一个角度出发，讨论一下环保杯子和普通塑料瓶饮料之间的区别。如果能随身携带一个漂亮的水壶或环保杯，放入自制柠檬水或菊花茶，比在街头买一瓶花花绿绿包装的高糖分饮料要时髦而且健康得多。至少你可以控制杯子的外观品质，让它可以搭配你的衣服，而不用因为饮料包装上的明星大头像破坏了你的整体造型。

搞定一切的"一件式"

One piece一件式连衣裙，女生必备款，无论单穿还是外搭小西装、针织开衫，都优雅迷人；活泼、正式、婉约，什么风格都搞定。

时下最流行的是假两件式的拼接One piece，不但可以一件当两件，省去了搭配的麻烦，而且及臀的长度也是个讨巧的分寸，刚好模糊了裙与衣的概念，不论搭配Legging，还是直接穿都是时髦装扮。

别忘了用条腰带来点缀你的One piece，素色一件式最适合搭配红色腰带，绝对是画龙点睛之笔，马上让整体沉闷的色彩出现了捕捉人眼神的魔力。

舒适到底的"连裤衫装"

无论是大品牌T台秀还是明星潮人的街拍，随处可见大热的连裤衫穿诸如帕丽丝·希尔顿这样的时髦女郎身上。抹胸或吊带款，超短裤式或灯笼裤式，连身裤在今年简直是无处不在，红到令人瞠目结舌，这种基于20世纪80年代健美服的新款式，大多宽松舒适，不用花心思搭配，绝对是必备单品。

平底鞋是连裤衫的好搭档，不要看那些好莱坞明星穿着高得吓人的高跟鞋走在红毯上，她们平时还不是踩着平底鞋满大街跑？为了我们脚部健康着想，日常生活中还是选用舒适的鞋子吧。

名媛气质的"长裙装"

鲜艳的曳地长裙在今年大行其道，让人想起《绯闻女孩》里的场景：穿着红裙的Serena和穿着蓝裙的Blair在一起肆意大笑。那份炽烈的欧美艳丽如今已席卷全世界，无论海滩还是街巷，穿着花花绿绿的吊带长裙的美女总是夺人眼球。

与飘逸连衣裙形成强强联手的，是脚背上装饰着花朵的人字拖，好品位绝对要从注重最细微处开始。

轻盈的"开衫装"

休闲开衫，衣橱必备。常看见那些美国大妞们，随意一件开衫一披，内搭各色T恤或吊带，一副轻松模样。老外MM们还喜欢露出自己的长腿，短裤或短裙配上一双美鞋，立马显出自己身材的苗条与修长。

鱼嘴鞋与人字拖也是最必需的装备。一双让你在公司里尽显端庄气质，一双让你在下班后健步如飞。人字拖啊人字拖，真是这两年的大流行啊！

欧美范儿三大搭配点

1.自我力量

欧美女生们总能表现出那自由自在的随意个性。

搭配要点：

⋯⋯服装线条以简单为最佳，硬朗的军装款式是不错的选择。

⋯⋯别在乎使用略显笨重的金属铆钉镶嵌饰品，偶尔搭配会感觉很豪放。

⋯⋯翻毛皮夹克、猎装裤子和及膝靴等南美风格的装扮是典范。

2.女权主义

自主自立的女生，在搭配上可以硬朗或妖艳，也可以率真或柔美，自己主宰一切。

搭配要点：

⋯⋯抽象的现代感印花，带有很强的自主意识。

⋯⋯一双帅气的高跟鞋是这类风格不可缺少的单品。

⋯⋯大颗的彩色宝石饰品，构成一种有力度的夸张感。

3.高亮色彩

重视展示自我的一大表现就是不吝惜使用色彩，有品位的MM也可以将各种明亮的彩色大胆搭配。

搭配要点：

⋯⋯荧光色、明亮色是最佳选择，颜色越纯正，越可以张扬个性。

⋯⋯对比色也可巧妙相搭配，搭配的窍门在于掌握好两色间的明暗度及色彩面积。

⋯⋯艳丽的印花也是很好的表现方式。

⋯⋯在艳色大行其道的今天，如果还不太敢去穿鲜艳的衣服，就用鲜艳的配饰来跟上潮流。

欧美系服装品牌小总结

Abercrombie & Fitch（A&F）

Abercrombie & Fitch（简称A&F）是掀起全球时尚旋风的美国休闲第一大牌，是当今年轻人最青睐的品牌，更是1892年创立于美国纽约的本土百年老店品牌。高品质加上非常浓厚的"美国学院气息"，也让它成为好莱坞时尚名人的最爱，连香港天王刘德华也是这个品牌的爱好者。

A&F在国际上属于大众品牌，但是倡导的是奢华休闲，定价并不便宜，堪称高级运动服，产品价格从100元人民币到2000元人民币不等。目前，其旗下有五大品牌：Abercrombie & Fitch、abercrombie、HOLLISTER、UEHL、Ezra Fitch。

A&F是一个美国本土性的品牌，并没有开放给其他国家。亚洲至今没有它的代理，中国也没有专卖，在国内只能通过邮购的方式买到，而市面上见到的众多所谓原单，无论质量如何之好，也不过是仿品罢了。

官方网站 http://www.abercrombie.com/

American Eagle（AE）

American Eagle（简称AE）是美国街头至IN的一个品牌，源于1977年，其标志是一只翱翔的鹰，象征坚毅、不屈、拼搏、向上，张扬而不失个性，因此AE也被俗称为"美国鹰"。

AE将美式学院传统精神结合最新流行时尚，以合理的价格提供消费者高质感商品服务，深受北美年轻人喜爱。商品包括牛仔系列、户外休闲服、T恤、配饰、鞋靴、泳装系列等。

AE受到了许多明星的追捧，在美剧《六人行》（Friends）中演员着装很多都是AE的，王力宏的MV以及孙燕姿的广告中也出现过AE的身影。

AE的服装在小店中也常能遇见，有时能碰到原单货。

官方网站 http://www.ae.com/

Promod

国内的MM大多都迷恋ZARA和H&M，却忽略了风格与它们蛮相似并且有更多法国浪漫味道的Promod。

作为一家法国家族式服装品牌，Promod创建于1975年，并致力于女性成衣和流行配饰的设计、生产和零售。凭借着在女性成衣零售领域中超过30年的丰富经验，Promod如今已成为世界最大的流行连锁专卖店之一，为现代女性提供从上到下的整套服饰。

在Promod的设计中完美展现了女性优雅浪漫的高贵气质，Promod以其缤纷的色彩，流畅而浑然天成的式样，使女性的妩媚与娇艳流光溢彩于舞台，而无丝毫的矫揉造作之感。

国内不但有Promod的专柜，更可以在尾货市场中找到它的身影。

官方网站 http://www.promod.com/

Forever 21

Forever 21是美国一家服装店的名称，销售女式衣服、手提包、装饰品等，都是些年轻女孩子的favor，就好比店的名字一样，让你有种"永远21岁"的感觉。

美国Forever 21总部位于洛杉矶，Forever 21在美国各州总共有近400家连锁店，是美国青春少女最受欢迎的时尚品牌，设计风格简单轻巧，颜色亮丽，富年轻人朝气。

Forever 21公司全年在中国的成衣采购量约2000万件，所以在国内找到它的原单绝不困难。

官方网站 http://www.forever21.com/

Miss Sixty

Miss Sixty，是隶属于Sixty S.p.A 集团旗下一个最受年轻人欢迎的女装品牌。Miss Sixty这个来自意大利的性感牛仔流行品牌，不但是众女星们所钟爱的服饰品牌，更是许多年轻女性心目中梦想的完美性感指针，提到Miss Sixty，马上就会联想到惹火的女性曲线——长腿、翘臀、纤腰，高品质的牛仔裤和令人目不暇给的单品配件。

Miss Sixty创立于1991年，其风格主要针对时髦的个性女性，创造属于女性的自我风格。其中又以牛仔裤独特的创意设计最受消费者喜爱。

街边小店中的Miss Sixty牛仔裤多为仿品，真正板型好的Miss Sixty还是要去专柜购买。

官方网站 http://www.misssixty.com/

Oasis

1991年3月，Oasis 第一家店铺在伦敦开张，并在英国和欧洲迅速扩展到300多家专卖店和店中店。除此之外， Oasis目前还落户全球其他50多个国家。Oasis 集团旗下共有Oasis、 Karen Miller、 Whistle、Coast品牌，分别占领高中段女装市场。

Oasis的顾客对象是介于18~35岁之间，时尚意识强烈，个性独立、自主的女孩。

官方网站 http://www.oasis-stores.com/

Banana Republic

 7

　　香蕉共和国（Banana Republic）为GAP集团旗下比较偏向贵族风格的服装品牌，设计款式较为流行新颖，属于中高价位，为美国大众普遍接受且喜欢的品牌之一。

　　Banana Republic起源于1978年的美国加州。与欧洲大牌的豪华浮夸设计不同，它走的是极简路线，不夸张无装饰，低调得让人吃惊。与高昂的价位形成对比的是Banana Republic的捧场客一直络绎不绝，高档的面料，极其合身的剪裁，独特的质感都让Banana Republic的粉丝无法不上瘾。

官方网站 http://bananarepublic.gap.com/

Liz Claiborne

8

　　丽诗加邦（Liz Claiborne），美国著名中产阶级品牌，公司成立于1976年，目前拥有全美最大的销售网络，2000年全美民意调查中该品牌位居中高档的第一位。 它旗下有多个品牌：Mexx、Axcess、Crazy Horse、Curve、Dana Buchman、Elisabeth、Emma James、First Issue、Liz Claiborne、Marvella、Monet Group、Villager。

　　Liz Claiborne以职业和充满活力的女性为对象，为任何季节的经典风格，提供持久不褪流行的经典款式。

官方网站 http://www.lizclaiborne.com/

先给大家讲个有趣的小故事：一天，在香奈儿公司的电梯间里，时尚大师卡尔·拉格菲尔德遇到了一位漂亮的女孩，她穿着粗花呢外套和牛仔裤、拎着菱格包，大师赞美了女孩的一身香奈儿搭配，但女孩却不好意思地告诉他，菱格包是香奈儿的没错，外套却是H&M的，因为她没有足够财力购置全套香奈儿装备。大师吃了一惊，仔细看了那件外套，果然质量、手工、剪裁都有差别，不过第一印象已经足以夺人眼球。

这次邂逅让卡尔开始注意这个瑞典的时装公司，逐渐发现那些赶在流行尖端的人纷纷以穿不贵的衣服为荣，而且骄傲地告诉别人"这个是我在H&M买的"。到后来，连他自己也对这个品牌的魅力俯首称臣。H&M随后找上他洽谈合作并送给他一件很棒的西装外套，穿上之后，每个人都以为是Dior的男装，这使大师龙心大悦，打算再买一件，得到的答案却是"卖完了，没有存货"。他听了非但不遗憾，反而很满意，因为"时尚最棒的一点，就是它瞬间即逝的特性"。

不错，"瞬间即逝的时尚"就是本节我们要探讨的"Fast Fashion——快时尚"。

第四节
Fast Fashion
"快时尚" 服装

什么是Fast Fashion

Fast Fashion（快时尚）是当今时尚界里一个炙手可热的名词。

Fast Fashion这个概念源自上个世纪的欧洲，所谓"fast"就是时装从天桥"走"到货架，只需六星期的时间；同时，对消费者来说，衣服顶多穿一季甚至一周，这就是Fast Fashion的精神。与传统服装品牌相比，快速时尚品牌从产品开发到货品上市的周期短，紧随潮流而不是创造潮流，当季设计而不是提前设计，注重产品的广度而非深度，新货上市频繁，为追求时尚的普通人提供低价的潮流服饰。

刚刚故事里提到的H&M，以及同类型的ZARA、The TOPSHOP、MANGO、C&A等等，都是快时尚的佼佼者，全球所有爱逛街购物的消费者只要看到这几个符号，脑海里便条件反射似的跳出"时尚、平价、星味"这几个字眼，肾上腺激素迅速大量分泌，这就是欧洲时装零售巨头引领的"快时尚"魅力。它们将触电般的购物感受传递给消费者，于是有人甚至在Fashion之前加上取自快餐老大McDonald's的Mc，为之取名为"McFashion"（麦时尚），实在恰当。

货品更新快，款式淘汰快，潮流变化快。不断推出新款，让专柜每天都有新东西；每款数量都很少，上周看到的新款，这周可能就卖断货，故意制造货源紧张感，促使消费者购买，这就是"快时尚"的策略。

曾有人形容快时尚的周期"比爱情长，比昙花短"。这些时装的设计周期短，在店里的赏味期限更短，如果你在ZARA看中一件衬衫，犹豫了一下，对不起，可能到明天就已经再也找不到了。如果是卡尔·拉格菲尔德为H&M推出的合作系列，如果不连夜排队恐怕就被抢空了。

Fast Fashion可以满足一切欲望：当麦当娜的演唱会正进行，你就可以在ZARA专卖店买到娜姐在演唱会上的服装的仿制品。"时尚一夜情"的魅力就在于此：近在咫尺、唾手可得，叫人欲罢不能。

"时尚就是在最短的时间内满足消费者对流行的需要。"ZARA的创始人奥尔加特的说法和香奈儿大师异曲同工，而C&A的广告语则是"Fashion you choose"。

Fast Fashion在中国

世界是平的，中国人民的日子越来越好，巨大的消费能力也引起了活跃在国际时装舞台快时尚大鳄们的注意。Fast Fashion迅速跑到中国攻城略地来了。

2008年4月12日，上海淮海路H&M在中国内地第一家专卖店的门外，顾客无分男女老幼，都兴奋难捺地等候着进店抢购，排队的情景一连续了5天。之前的3月10日，H&M全球第1350家、亚洲第一家专卖店在香港中环开张，情景同样如此。许多一向晚睡晚起的香港年轻人居然从凌晨开始排队，到上午11点正式营业之时，已经有一千多人在焦急等待，警方不得不出动警力维持秩序。不到半天时间，店内部分服饰售罄。

是什么让中国人如此疯狂？假如你满眼的广告都是国际巨星设计代言的衣服，漂亮、时尚，又性感，令你怦然心动，但看到广告上扎眼的标价人民币59元、99元、199元，是不是有一股热血刹那间涌上脑门

呢？Fast Fashion给以往在小店淘宝的人们一个新的购物空间，一个花着和在小店同样的钱却在最繁华的商业街购物的自信，和一份像明星一样扮靓的心情。

H&M全球首席执行官Rolf Eriksen说，他在欧美已经见惯无数人在H&M专卖店门口排起长队，然后冲进店内疯狂扫货；在亚洲，在中国，他相信情形同样如此。

Fast Fashion的火爆原因

当奢侈品定位于为少数有钱人服务的时候，大众追求奢华梦想的呼声也越来越高。其实，平价也可以很时尚，而且更考究品位。我们来看看便宜怎么和奢华靠得越来越近？为什么Fast Fashion如此火爆？

原因一：_低价

没有一个购物者不喜欢设计入时、形象奢华的名牌服饰，但绝大部分人非等到清仓特卖才出手，为什么不能同时满足顾客对名牌时尚设计和便宜平价的需求呢？Fast Fashion把大众平价和奢华多变的时尚结合起来，像麦当劳一样贩卖时装。

价格永远是败家的最好理由，一件T恤59元、一条连衣裙199元，甚至299元能买一件不错的大衣，为确保最好的价格，Fast Fashion减少中间环节，量化采购，虽然质量一般，但是比起数千元一件的大牌的二线品牌来说，显然性价比提高了不少。在Fast Fashion你肯定能发现当季各大品牌发布的新款产品的影子，设计元素却丝毫不逊色，但价格不及国际一线品牌的十分之一。

卡尔·拉格菲尔德为香奈儿设计的时装售价动辄四五万美元，而为H&M设计的系列服装平均售价18美元，能用如此低廉的价格拥有香奈儿设计师的作品，这种诱惑几乎无人能挡。

原因二：_潮流

既便宜，样式又in，怎么能不动心！紧跟潮流也是Fast Fashion的一个卖点。就好像吃麦当劳，可以尽快一解潮流的饱。它们不做潮流的创造者而决定做潮流的快速跟随者，雇佣大量的时尚观察员分布在酒吧、迪厅等时尚场所，出席各顶尖品牌的发布会，在世界各地的时尚购物场所搜集最新时尚信息，及时向总部汇报。新一季的时装秀刚刚发布，还等不及大牌们的新装亮相，Fast Fashion早已经复刻好所有的潮流因素，粉墨登场了。潮流就是这样，永远在和时间赛跑。研究流行因素，稍加改良，采用更为便宜的原料推出几乎和高级时

尚品牌一模一样的服装，而价格要低得多，因此Fast Fashion更得人心。

当时尚大牌的拥趸们还在为买一件小礼服而绞尽脑汁，普罗大众却能够在H&M专卖店里，用不到50美元的价格买到与Chanel当季风格明显相似的衣服，这就是快时尚。

原因三：限量

便宜、时尚、高街，还限量，Fast Fashion把消费者的最后一道心理防线也攻破了。除了每件衣服都没有进行大批量的生产，还邀请最炙手可热的明星和设计师搞限量销售，可谓搞足了噱头。仿佛在提醒每一个穿Fast Fashion的人：我个性，我时尚！

限量供应从某种程度上刺激了消费者的购买欲，穿着最新款服装并且可以杜绝撞衫现象，这可是只有明星才能享受到的特权。人们需要的不是千人一面而是与众不同，而限量发售正满足了人们的这种心理，新品的数量限制以及缩短的上架时间促使人们更加频繁地光顾。伦敦的消费者每年平均只逛4次服装店，但ZARA的消费者每年平均逛ZARA店17次！

Fast Fashion品牌的共性

一流的设计、二流的面料、三流的价格
快速、时尚、平民化
多款少量
选址与奢侈品牌为邻
买手制，不创造时尚，但制造时尚

怕骗不了凡夫俗子的眼睛。

Fast Fashion品牌搭配经

关注潮流

想穿好Fast Fashion品牌的服装，就一定要关注各大时装秀和各大明星街拍，因为Fast Fashion的设计师们总是能从他们身上寻找"灵感"，因此T台大模和欧美明星们的最新着装方案自然也就成了我们搭配好Fast Fashion的绝佳榜样。

混搭大牌

用高品质大牌与Fast Fashion服装进行混搭是不错的选择，不但能够迅速减少开支，而且可以收到像本文开篇那样的绝佳效果，连大师都会被忽悠，又怎

及时淘汰

穿Fast Fashion就不能忘记那个"快"字，潮流变化快，款式淘汰也快，如果你今季还穿着上季的Fast Fashion款式，可就不要说自己是时尚中人了哦！

Fast Fashion品牌介绍

Fast Fashion初看都类似于超市的衣服大卖场，但各自的目标消费群还是有区别的，就好比KFC与McDonald's，一个走的是和蔼大叔及乖小孩的路线，一个走的是青春无敌我就喜欢要个性的路线，这样也算是互相弥补、错位生存。

欧洲五大Fast Fashion是：瑞典的H&M、西班牙的ZARA、英国的The TOPSHOP、西班牙的MANGO、荷兰的C&A。

H&M

1947年创立至今，H&M已经在全世界28个国家拥有1400家零售店，拥有超过6万多名雇员。

H&M的营销策略是这头大打设计牌提升品牌形象，那头大搞亲民活动做大销量。它一边在时装大片一样的广告最明显处用大大的字体标明价格，搞得和超市传单一样；一边又在伊势丹十几层楼高的LCD屏上把广告做得像东京银座街头的气势。在mix & match、cheap & chic大行其道的如今，成功地演绎了入得厅堂、下得厨房的特色。

尽管H&M价格便宜，但它的产品给人们的感觉绝对奢华、时尚。H&M很像同样来自瑞典的宜家，它们相同的信念就是：向大众提供优质低价的产品。

新鲜、快速，H&M就像卖水果一样卖衣服。"McFashion"构思使H&M的销售总额从2001年不到500亿瑞典克朗迅速增长到2006年的800亿，净资产收益率高达40.2%。

官方网站 http://www.hm.com

ZARA

2　　　　ZARA源于1975年在西班牙西北部的一个小服装店。2005年才第一次登上全球最佳品牌排行榜的ZARA，2006年排名已经仅次于Adidas，品牌价值达42.35亿美元。

　　ZARA作为Fast Fashion的后起之秀，特立独行，打破传统模式，建立了一套供应链系统，使得一套服装的设计、生产、供货、交付在15天内就能完成。

　　ZARA店内男装、女装、童装、职业装、休闲装等一应俱全，店内产品系列界限明显，party装、职业装、基本款、街头风，各有区别，能满足一站式购衣需求。ZARA遵循不做广告的原则，反而披上了点神秘感，让人总想到其店里看看又有什么变化。产品设计感虽然没有H&M来得强烈，但属于连一般人都能穿出时尚感的衣服，更实用主义。

官方网站 http://www.zara.com

The TOPSHOP

3　　　　The TOPSHOP1964年创立于英国，现在在英国有300多家时尚分店，每周都有10万件新品摆上货架，每个星期吸引着20万的消费者去光顾。The TOPSHOP专卖店销售的产品涵盖了你所能想到的方方面面，从皮大衣到鞋上装到各种各样的配件，如包、手镯、内衣、化妆品甚至玩具。麦当娜、格温妮丝·帕特洛、碧昂丝、凯特·摩丝都是The TOPSHOP的粉丝。现在它正计划着进入中国市场。

官方网站 http://www.topshop.com

MANGO

来自西班牙的MANGO创立于1984年，每季商品分四个主题：Dressy上班系列、Casual休闲系列、Sport运动系列、Evening晚宴系列。款式多样且单品搭配组合性高，每一季都提供多达1000款的商品给消费者，适于大众穿着、易于搭配，无论是质量、剪裁、色彩、流行性、配件搭配都能满足消费者的需求。

官方网站 http://www.mango.com

C&A

C&A于1841年在荷兰创立，至2007年底，零售业务遍及全球20个国家，拥有超过1400家专卖店，并持续扩张。在欧洲，C&A专卖店每天都吸引着200万消费者前来光顾。

C&A将低价做到了极致。打折时裤子1欧元一条，西装8欧元一件，买衣服还送衣架，便宜得有点不像话。它真的就像是麦当劳，应付我们对时尚的饥饿感，在不知不觉中把服装变得像快餐一样，价格便宜，购买方便，即使扔掉也不心疼。

官方网站 http://www.c-and-a.com

你是否注意到，在城市中，有越来越多这样的人：他们穿棉布衣服，甚至翻出奶奶们的菜篮子，倡导DIY，使用二手货……他们从自身点滴的小事做起，注重自身的身体健康，又为周围的环境着想。时尚界给予他们一个新名词，叫"乐活"（LOHAS，可持续的健康的生活方式）。环保是现在最IN的时尚，而环保人才是真正的美好生活家。

人们希望让生活的脚步慢下来，让生活更加从容，用更多的时间和自由慢下来欣赏生活的乐趣。慢生活是一种积极的生活方式，是一种健康的心理态势，在生活节奏上形成一种放慢的习惯，多些时间放松身心，让有限的快乐得以加倍放大，以达观和欣赏的心态来感受周围的人和事。

于是，我们身边开始有了倡导"慢"生活的各种形态：慢食、慢写、慢阅读、慢设计、慢旅行、慢运动……当然也包括"慢时尚"、"乐活着装"。

慢时尚服装告诉我们：shopping也可以拯救地球，妙不可言的环保设计你也可以试着做，日常生活中稍稍改变一下观念你就可以加入"有机生活"的行列。

第五节
乐活也时尚
"慢时尚"服装

"慢时尚"服装风头正劲

时尚的转身永远比你想象得快。总纠缠于闪亮、华丽的元素难免让人有点儿审美疲劳，于是近年T台上涌现出的"慢时尚"粗衣麻布的时尚风潮让人眼球一亮。

低调的"慢时尚"服饰已席卷而来——它们不但大张旗鼓地出现在Miu Miu、Burberry、Fendi等时装大牌的秀场上，而且迅速侵占了明星们的衣橱。除了Lauren Bush的当红Feed环保袋，连酒椰叶这种原本用于制作餐具垫的棕榈干叶，也被Christopher Bailey制成了Burberry的渔夫帽和提包，而Karl Lagerfeld也为Fendi推出了一系列酒椰叶手袋。

这股风潮也在提醒我们，"舒服、健康"，这两个经常被丢弃的感受才是穿衣打扮的第一要义。

"慢时尚"服饰盛行的两大理由

1.贴身随性，舒坦

这个崇尚自我的年代，穿衣服的最高准则当然是自己舒服，而最舒服的就是棉布、麻料，绝对以人为本！

2.崇尚自然，环保

未来主义、上世纪80年代回归……一系列主题让我们狠命地把树脂、尼龙甚至塑料往身上招呼。这些不天然的材质穿戴在身上如此不舒服，为什么我们还如此前赴后继地追捧它们呢？重新拥戴棉、麻这两大人类穿衣历史上最为悠久的面料，才是我们"反自虐"的勇敢之举。

"慢时尚"服饰搭配TIPS

慢时尚搭配的第一步是什么?

请假设这样一番情景:你精心打扮、兴致勃勃地外出购物,全身上下都是最流行的符号……你愿意让几只白花花的塑料袋毁了这一切吗?塑料袋算得上是本世纪最煞风景的物件之一,无论你打扮得多么精致,它都足以将其破坏殆尽。于是不仅出于环保之心,也为了你的整体造型,使用环保购物袋就是一个很具有时尚感的行为。

你可以准备一只方便折叠的环保袋,能一直随身放在手袋里,以备不时之需。千万不要因为贪一时便利而选择塑料袋购物,它对于造型的毁坏程度和对地球环境的毁坏程度都是重量级的。

粗犷的麻、棉服装在搭配上应该注意什么?

如果你觉得棉麻显得太质朴不够有"档次",那么,建议混搭一些轻薄面料制成的富于女性味的单品。例如麻质上装搭配一条丝质裙,会让整体搭配层次更丰富、清晰。

熟女如何演绎粗布麻衣的风潮?

对于不再豆蔻年华的女性来说,想要穿好棉麻质地的服装确实需要一点儿智慧。棉本身过于贴身,缺乏廓形,而麻缺乏光泽感,看上去很粗糙,这些缺点决定了你在挑选粗布麻衣时,要慎重。建议身材偏胖、胸部特别丰满的女性不要单穿一件宽松款的棉麻质地的服装,那样会显得你像套在一个麻布口袋里。应该充分利用麻料本身所具有的硬度,化劣势为优势,才能展现不同一般的服装质感和线条。

怎样让棉麻质地的服装不显得廉价?

想让自己穿得舒服又不被误解是想出门买菜,最好的方法就是搭配质感上乘的配饰单品,比如,明星范儿的墨镜、夸张的项链、宽手镯等,都会大大提升整体的品质感。

"慢时尚"品牌介绍

时下没有比"绿色生活"更惹人瞩目的了,各大时尚品牌在2009年都先后推出了"环保牌",《ELLE》甚至喊出了"Green is the New Black"(绿色是新的黑色)的口号,传统的、经典的、永不会出错的黑色,地位就这样被这位绿色新贵抢了。不管绿色、环保,还是有机生活,你都能看到越来越多设计独到的选择,作为买家,我们何乐而不为呢?!

无印良品MUJI

1

无印良品MUJI于1980年创立于日本，以提供消费者品质优良、价格合理的生活相关商品为理念，设计风格简约自然，崇尚富质感的生活哲学并注重环保，致力于提倡简约、自然、富质感的MUJI式现代生活哲学，已经发展出多达5000种的商品，是日本最大的Life Style Store。

无印良品将生产过程中剩余的纱线做成T恤，还在网站上列出近两年来在垃圾、纸张、二氧化碳减量方面的实际成绩，也列出家电产品回收和再商品化的成效。从产品设计到店面设计，全部采用自然材料或再生材料，包装尽量简单，为了减少漂白纸张的污染，成品就是自然的浅褐色。

近年，MUJI在自己的设计中推行"slow design"——慢设计，让生活缓慢下来，设计作品简洁明快，崇尚环保。

无印良品的服装均是天然的素色——黑、白、米、咖、灰等，非常的日式家居休闲风。除了商场专柜，我们也可以在服装市场中寻觅到它的原单尾货，无印良品的服装上基本没有任何LOGO，判断真假货的标准还是在于做工与版型，vivi就曾经仅花20元人民币就从服装市场淘到了原价49欧元的无印良品开身毛衣。

官方网站 http://www.muji.net

芬理希梦FELISSIMO

2

"芬理希梦FELISSIMO"一词，是以拉丁语中表示幸福的"FELICITY"，与表示强调语气的"SSIMO"结合起来组成的一个新词，其含义就是"最大最高级的幸福"。源自日本的芬理希梦集团成立于1965年，在纽约第五大道设立的国际旗舰店，是简单生活、幸福生活的代名词，也是日本邮购业的先驱。

在日本，芬理希梦拥有600万会员，拥有上千名来自世界各地的设计师，以生活者的立场来策划研发，每年为顾客提供近万种的独家原创时尚生活商品，设计独特而又环保的创意杂货，包括完全天然环保材质的服装和来自世界各地的纯手工打造的精美小商品。

国内顾客既可以在商场中找到芬理希梦的专柜，也可以按照它的邮购手册购买商品。

官方网站 http://www.felissimo.com

3 ARRTCO

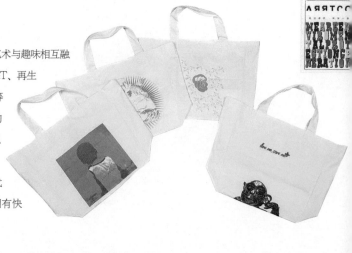

国内原创品牌创意概念店ARRTCO，将时尚与环保、艺术与趣味相互融合作为品牌的重要设计理念，不但在店内出售环保袋、环保T、再生纸笔记本、袜子娃娃等一系列环保产品，而且积极开展"体内外环保"等主题活动，将品牌理念和环保意识向消费者进行宣扬，借由时尚和创意的方式，通过不同的环节，向大家展示全球的环保大趋势，并且号召人们积极参与到环保当中来。

ARRTCO努力为追求轻松、先锋、推崇优质个性生活的年轻一代构建一个全新的时尚创意购物空间，让每一个顾客在ARRTCO都能拥有快乐的购物体验。

官方网站 http://www.arrtco.com/

4 JNBY江南布衣

国内原创品牌"JNBY"江南布衣的品牌精神可用一句话概括——Joyful Natural Beauteous Yourself（自然中愉悦，追寻自我），这句话涵盖了江南布衣的着衣生活理念。第一眼望去，它或许是黯淡的；但仔细一打量，简洁的线条却用尽了心思。

"JNBY"遵循这一理念，以20~35岁的都市知识女性为顾客群，面料采用天然纤维，以棉、麻、毛为主，舒适、自然、透气、吸湿性好，演绎"回归自然"的设计主题。对于色彩，江南布衣追求沉稳雅致的环保色作基本色系，配以流行亮点作为点缀。且不拘于流行，每一季会推出4~6个主色系，总体印象以自然界为基调。饱和、稳定的设计细节，灵感取于生活、自然、艺术中的一切。手法也繁多，如印花、刺绣、手绘、面料立体造型等，意图传达内敛但个性十足的气韵。

官方网站 http://www.jnby.com/

5 LeSportsac

1974年创立于美国纽约一家小工厂的LeSportsac，成立仅仅一年就一炮而红，并且掀起了一场尼龙革命。这个不可思议的奇迹，全要归功于选用尼龙布制作包包的创举。

从旅行箱到时尚的肩包、背包，LeSportsac所使用的尼龙全都是用再循环的非皮革材质制作的，它的材料和降落伞的布料一模一样，缝接好后非常强韧，基本不会撕裂，而且能防水、重量轻，让包包耐用等级提高不少。

小店及批发市场中价格低廉的LeSportsac全部为假货，材质也非环保，大家一定要谨慎购买。

官方网站
http://www.lesportsac.com

6 FREITAG

FREITAG是大家公认的环保时尚界的先锋。它将卡车上的棚布切下来做成一个个漂亮的包，不仅防水、坚固而且十分环保。由于使用回收材质，每个包身上都有陈旧的风霜印记，再加上全手工裁切，不同的材质有不同的图案，保证了每一个包都绝对不会重样的唯一性。

现如今，从卡车棚布到汽车安全带到废旧安全气囊，FREITAG令越来越多的人如痴如醉。而他们的废物利用的环保精神，值得更多准备自力更生创立品牌的创意人参考。

官方网站 http://www.freitag.ch

Nau

誕生于美国的服装品牌Nau声明，将销售所得的5%都捐献给慈善机构，致力于解决环境以及社会人文问题。这是一个不可思议的比例，在商业史上来说也是史无前例的，大多数企业在此项的平均数据仅是0.047%而已。

Nau的每名顾客都会得到一份"可选捐赠机构"的名单，而在每家专卖店的背墙上，还安装了两部可视屏，专门讲述每一个合作慈善机构的故事（你也可以在Nau的网站上看到它们），以便让顾客了解更多的细节。

此外，Nau只利用可更新的自然纤维——100%通过验证的有机棉花以及来自"快乐喂养的绵羊"的羊毛，可回收的人工纤维，以及可回收、可更新的新材料。

官方网站 http://www.nau.com

Veja

2005年在法国创立的Veja球鞋，从原料至制作均在巴西完成，棉花夹里是原产自巴西的有机棉，橡胶鞋底来自未受污染的亚马孙森林，皮革只用人道畜牧方法养殖的牛只。尽管这些使得Veja付出比一般市场高出两倍的原料成本价格，却减少了对大自然的伤害。

Veja还将收益用作协助巴西教育及医疗，是真正的"良心球鞋"。

官方网站 http://www.veja.fr

此外，意大利男装品牌杰尼亚推出环保面料的竹纤维系列；Marc Jacobs设计了采用天然麻料制作的包包；伦敦Brixton的velo-re制作和出售用旧自行车轮胎制成的皮带，每条皮带都附有身世证书，讲述自己从轮胎变成服饰的旅程。

PART THREE

寻宝秘籍

看时尚杂志是学搭配的一条捷径，但是"杂海"茫茫，该选哪几本来当作自己的圣经呢？

vivi的建议是多研读亚洲刊物。虽然欧美街拍也很值得我们借鉴，但还是同为东方人的搭配范本穿到咱们身上更像那么回事儿。

市面报亭里常见的引进版杂志在这里就不多说了，个人认为时尚信息更前端的还要算一些港台地区和日韩的原版刊物，在网上都可以下载或者在线阅读，省钱又方便。以9月号的日文原版杂志为例，通常在7月底就可以在网上看到了，比我们去报亭买杂志能早好几个月呢（因为杂志引进还有一定时差）！

第一节
杂志中寻潮流

一、香港时尚杂志

《Milk》

要了解香港至in年轻人的潮流走向、时尚指标，当然要选连vivi都很赞的潮刊《Milk》啦！

《Milk》自2001年于香港创刊，把世界各地新鲜的潮流信息，好像丰富的牛奶营养般提供予读者，主要介绍时下年轻人最in的衣服、球鞋、饰品、游戏、设计、数码、音乐、电影，最型格的生活方式。2006年在香港推出《Milk x》，走高端奢华路线。2007年又推出童装潮流杂志《Milk B》。缔造"酷"概念，更为读者注入源源不绝的"酷"营养。

《Milk》里介绍的T恤、仔裤、波鞋、背包、公仔、小物件等等无一不是当下香港"型人"扮靓扮酷的风向标！千万别把它简单地等同于娱乐八卦杂志，尽管它也八卦，区别在于：《Milk》有态度！要知道，《Milk》的成长甚至带动了izzue、2%、tough等香港本土品牌的成长壮大，真是功不可没啊！

2006年，《Milk》正式登陆内地，内地版名为《流行色》，每月发行。集结港版《Milk》及《Milk x》的内容，2007年索性就低调换装成了内地版的

《Milk x》。在2007年《Milk新潮流》创刊，内地版《Milk》正式回归。装帧设计和港版《Milk》没太大区别，也是一刊两册，但增加了内地独立编辑的内容。因此，现在内地可以看到两本milk系列杂志——《流行色Milk x》和《Milk新潮流双周》。定价分别为20元和15元人民币。

推荐理由： 一书两册，不论从页数还是内容上来看，都超值啦！

《Monday》

《Monday》被称为"独立女生时尚游志"真是名副其实，香港衣食住行的最新信息统统能在这里找到！如果说《Milk》是偏中性色彩的扮酷，那《Monday》则是女孩气十足的温馨。

推荐理由： 提供各种饮食消闲的情报及待发掘的好去处，都是女孩子的心头好啊。

二、韩国时尚杂志

《Ceci》

韩国主流时尚女装杂志，从新款服装的介绍到各式皮包、鞋子等饰品的搭配，都让人感受到"韩流"的强劲与前卫。想要领略韩国的最新时尚服饰流行，此杂志是非看不可，令你如同置身于时尚的韩国都市中。

三、日本时尚杂志

绝不是vivi哈日，而是因为目前内地最受欢迎的杂志几乎都是日系版权，它们在时尚领域有很多值得借鉴的地方。

在众多日系杂志中该如何挑选适合自己的来阅读呢？我们可以把它们按风格分为姐妹系杂志、便服系杂志、OL系杂志、少女系杂志四种类别。

1.姐妹系杂志

"姐妹系杂志"的读者年龄通常在18~25岁之间，针对的读者主要是在校大学生以及刚刚步入职场的新人。比如中文版《瑞丽服饰美容》的日文原版杂志《Ray》就属于姐妹系杂志的范畴。

说起姐妹系杂志不得不提的就是女性杂志界的销售奇迹——《CanCam》。

《CanCam》

二十多岁优雅女性的最爱。有清纯可爱的淑女装扮，也有稳重成熟的职业装。品位与时髦的结合，风格与《Ray》很相似——走甜美风路线，有点邻家女孩般的清新感觉。

《CanCam》是日本小学馆推出的流行杂志中最具知名度的一本，在台湾也时常被报纸杂志截取作为日本流行的指标。《CanCam》的读者群大都集中在刚步入社会1~3年的年轻上班族女性，也就是所谓的粉领族群。集结了年轻粉领族喜欢的各式服装、饰品，有在上班时可穿可搭配的款式，也有专门在假日穿着的超可爱装扮。成熟却不失可爱的女人味服饰，是《CanCam》介绍的流行主旨，也是20~25岁女性最不可抗拒的流行资讯。

《CanCam》开创了启用明星模特的先河，培养了一大堆超人气的麻豆和演艺界名人，比如藤原纪香、山田优、梨花等，并且由此打败了前辈时尚杂志《JJ》。

《Ray》

《Ray》的风格在甜美的基础上又多了一分淑女、优雅。

20岁左右的豆蔻年华既可以走成熟华丽的时尚风格，也可以可爱俏皮又不失性感！《Ray》就是一本适合20岁上下年龄女子的时尚圣经，它告诉你如何擅用自己的魅力和优点装扮时尚，成为最亮丽的目光焦点。

《Ray》介绍当月首选的人气品牌，必要入袋的流行指标！还有不可或缺的服装搭配及配件的使用。设计主题式的特辑，或由人气模特儿来展示当月流行服饰与配件。

从服装、配件、发型、化妆品、保养品到玩乐指南以及恋爱讲座一应俱全，网罗了所有女孩感兴趣的话题。

《Ray》也是曾经培养出菊川怜、桥本丽香、香里奈等超人气模特、时尚名人的杂志。

《ViVi》

中文杂志《昕薇》的日文原版杂志《ViVi》作为日本芭比派时尚的主流杂志，受到无数亚洲时尚女生的追捧。《ViVi》的主要阅读对象锁定在20岁左右的女大学生及20~30岁的女性上班族群，也可谓流行时尚中中流砥柱的一群，也因此，《ViVi》介绍的流行走向、饰品风格，大多是介于可爱和成熟之间的甜美个性风。

《ViVi》的主旨为提供青春有活力的年轻女性流行资讯，因此杂志内充满了各种多变、独特、前卫的时尚风格，也是掌握日本流行情报不可缺少的一本杂志。

此外，《ViVi》的各个专属模特儿也都充满个性，藤井莉娜、长谷川润、渡边知夏子等一起营造出的"ViVi style"，是日本最大年轻女性族群的流行指标，适合喜欢恬静风格的秀美女孩。

《ViVi》风格有别于一般姐妹系的风格，杂志中的甜美系夹杂着丝丝性感。比如莉娜演绎的甜美就是SEXY&SWEET，润和知夏子的COOL派又是带着性感的COOL，还有麻里惠走的是复古路线，这是其他姐妹系杂志中很少涉及的领域。

《JJ》

1975年创刊的《JJ》时髦、简洁，推崇阳光和煦的风格。内敛、轻松、娇媚，渗透着浓浓的女人味。"简洁中见时尚"，是《JJ》的时尚座右铭。

此外，姐妹系杂志还有《SWEET》、《PINKY》等。

2. 便服系杂志

《mina》

《mina》创刊于2001年，2004年引进中国成为《米娜》，是vivi本人很喜欢的一本杂志。

《mina》的风格非常清新，其中很多田园系的搭配，看了令人耳目一新。它致力于推荐从日本原宿街头兴起的"混搭"休闲服饰风格，就像这样一个女孩——年轻不造作，柔美不浓艳。是白领女性在通勤装之外的很好选择！

《Nonno》

《Nonno》与《mina》的风格极为相似，教你选择易搭又流行的服装打造"简单又可爱"的甜美时尚造型，非常贴近日常生活，并且很容易学习，受到非常多女生的追捧。

从1971年创刊后，《Nonno》便迅速成为日系年轻女性流行的代名词，主要的阅读群为20~25岁的女大学生。

在《Nonno》中所刊载的衣饰价位多为中等偏高，专题性的流行搭配讲座多以体型、身高和风格等类别提供最佳的衣物组合，让各种风格类型的女性都能达到专属的完美主义。

《Soup》

比起《mina》和《Nonno》，同为便服系杂志的《Soup》要更个性、更随意。

喜欢《Soup》的MM和《Soup》一样，崇尚的永远是自由自在的运动元素和舒适简洁的休闲风格。

此外，便服系杂志还有《AR》、《InRed》、《spring》、《AN.AN》等。

3.OL系杂志

日本OL系杂志的分类非常细，有面向20岁左右年轻OL的杂志，有淑女派OL杂志，还有奢华风格的OL杂志等。

面向20多岁OL的杂志有《MORE》、《with》、《Oggi》、《Steady》、《BAILA》等。

《Oggi》

《Oggi》是日本斯文休闲时尚杂志，是中文杂志《今日风采》的日文原版。

自1992年创刊以来，便一直深受粉领上班族所喜爱的《Oggi》，是一本希望女性不但能愉快地上班，也能从工作中发挥自信、享受自我乐趣的杂志。

不同于其他的女性杂志，《Oggi》不将重点放在最新潮、最时髦的服饰款式上，而是介绍一些具有成熟风味、适合粉领族装扮的穿着、配件，并不定时提供一些都会新资讯，以及国际性的潮流趋势；如流行发源地纽约、伦敦、巴黎等时装秀的情报，是许多25~30岁之间的女性读者们追求知性与好奇心的来源。

淑女风OL系杂志的代表是《CLASSY》和《MISS》，主要面对二十几岁的女性读者。

奢华OL系杂志代表则非《25ans》莫属。

《25ans》

《25ans》是日本知名女装时尚杂志，从精美彩妆到精致女包，五彩缤纷的女性饰品，以及时尚的服饰，都尽显时尚女性的华贵与现代。

"ans"是active积极、nice美好、smart智慧的总称。喜欢《25ans》的女性，不仅具备时尚度与个性，对生活更有真知灼见。

4.少女系杂志

少女系杂志专门针对13~19岁少女的时尚流行。

《Seventeen》

《Seventeen》的女孩不前卫，不夸张，却一定是最楚楚动人的乖乖宝贝！因为《Seventeen》引领的就是最简单、可爱、知性的学院派时尚潮！

乳白、浅驼、杏橘、淡紫、墨绿……柔和的色泽、优雅的设计，校园美女的淡雅气质一样能电晕各色帅哥，原来校花就是这样炼成的！

迷你裙、兜兜裤，搭配可爱中靴，露出诱人美腿，绽放灿烂笑容——我甜美，我怕谁！青春、清纯，就是我们的最大法宝！

《Seventeen》中的模特都是日本高中女生装扮的仿效对象。要掌握最新高中女生中的流行趋势，那就千万别错过日本销售第一名的少女杂志

《Seventeen》！

《Zipper》

《Zipper》日本时尚少女派杂志，像青苹果，有一点点酸，有一点点甜，自在逍遥。

《Zipper》以原宿的流行为出发点，介绍各种最新最快的流行资讯。特别着重日本年轻人流行的聚焦点，每期都会详细介绍的"原宿地图"，标示出了原宿、里原宿、表参道一带新旧店家的资讯。

除此之外《Zipper》也深入少女们的生活，独家连载了最受欢迎的少女漫画作家矢泽爱的最新作品。

《CUTIE》

在日本的原宿街头，常常看到一大群的年轻人聚集，他们那种用多层次作为基调的装扮正在街头蔓延为一股风潮。如果你想尝试多层次穿着却不知道如何下手，面对眼花缭乱的配件却不知该如何搭配才能有画龙点睛的效果；又或者是你走进琳琅满目的二手服饰店中，却不知道如何挖宝，穿出属于自己的个性风采，那么《CUTIE》绝对是你的不二选择！

《CUTIE》包含了用色大胆、华丽可爱的街头混搭风格以及个性派的二手风格，从洋装到各式各样的配件与可爱的二手衣物，以及日本高中生最炫最酷的街头装扮和发型都有介绍，你也可以轻易地成为原宿街头上的型人一族！

《KERA》

喜欢总是充满黑色颓废风格、却又带着浪漫粉红的哥特萝莉打扮吗？想要把几件普通的服饰经由自己的双手改造成具有朋克风格、却带有可爱气息的洛丽塔装扮吗？《KERA》这本集结了时尚、音乐、化妆、发型的流行杂志，以街头直击为主要出发点，替喜爱哥特萝莉装扮或是叛逆摇滚风的你收集最新的资讯。

除了固定的街头路人的穿着介绍外，许多带有哥特萝莉风格的小饰品，以及具有黑色叛逆风的朋克妆与发型更是每期的重点。

大胆的穿衣风格，另类的趣味生活，是喜爱耽美风格的你可以尝试的新感觉路线！不论是摇滚叛逆的朋克迷、黑色主义的哥特迷、沉浸在粉红梦幻的洛丽塔迷们，或是想要改变穿着、发现新自我的读者，《KERA》绝对是一本充满魅力的新圣经！

此外，少女系杂志还包括涩谷银座少女派时尚杂志《Popteen》、哥特洛丽塔洋装杂志《Alice Deco》等。

再介绍一本比较特殊的日本杂志《装苑》。

《装苑》

《装苑》囊括国际最新女装、男装动态，抽象前卫但不失大众化的服装新款是该杂志的最大特色。

《装苑》网罗了日本国内外最新的流行资讯，包括各国的服装设计师最新一季的设计款式，如山本耀司的设计等，以强烈的人文风格为特色，利用具有禅意的黑色哲学，抓住流行的魅力。

《装苑》是一本艺术化的杂志，带你去品味时尚的艺术。

最后再介绍几本男装时尚杂志：

《Smart》

如果你认为男装杂志只是男孩子的专利，那你可就OUT了，据说《Smart》在日本本土辉煌销量的一大半都是女孩子们创造的！

尽搜时尚帅哥、集合潮流酷装，哪个怀春少女不愿从中一览众多花样美男的帅酷风采，饱了眼福之后还能对身边的男友进行及时的改造教育，真是既养眼又实用的必备刊物！

重点推荐：热卖男性休闲单品大揭幕，小到戒指、手环、腰带，把你的honey从头到脚包装一新！

《Men's Nonno》

男性服装杂志的种类可说是愈来愈多，风格也愈来愈多元化了，但《Men's Nonno》却始终保持屹立不倒的地位，精美的排版、高品质的图片、丰富的内容，是它始终能吸引那么多年轻男性族群的原因，而且不仅男性爱看，连女性读者们也会被杂志中男模帅气又性格的脸庞所电到。

《Men's Nonno》囊括了国内外各类时尚品牌，有讲究设计感的高级品牌，也有许多充满个性与风格的平民品牌，是男装的流行风向标。

《CoolTrans》

《CoolTrans》即国内众多潮男推崇的《so cool》杂志的日文原版，潮人必读。

第二节 官网总动员

浏览品牌官方网站绝对是个好习惯，它不但能帮助你在第一时间内了解各品牌的新品新款发布、掌握当季潮流动态趋势、体味最新搭配风潮，更重要的是，它会帮你熟记各品牌正品的整体风格特点，而不至于在小店淘宝时淘回来风马牛不相及的低水平山寨货。

本书第二章内已经给各位介绍了不少流行服装品牌的官网地址，在第五章的"品牌淘宝课"中还会有更多潮牌官网奉上。

在这里还是给大家介绍另一种更全面的"官网"，也就是国外的"淘宝网"——官方购物网站。

国外的这些购物网站与国内的淘宝网最大的区别就是，它出售的都是各品牌的官方正品，而且牌子非常齐全，我们完全可以把它当做一个丰富的服装品牌课堂！

例如韩国的fashionplus网站，云集了女装、男装、童装、运动装等各个门类，甚至还细分为少女、淑女、熟女等派别，各品牌的新款即时更新，图片清楚、价格明晰，可以作为我们小店淘宝的指南针。

网站地址 http://www.fashionplus.co.kr/

还有日本最著名的"乐天市场"，它是日本最大电子商店街，品类非常齐全。

网站地址 http://www.rakuten.co.jp/

以下给大家列出一些国际知名品牌的官方网站，平时多浏览，绝对大有裨益。

Louis Vuitton：http://www.vuitton.com

Dior：http://www.dior.com

Chanel：http://www.chanel.com

YSL：http://www.yslonline.com

Gucci：http://www.gucci.com

Giorgioarmani：http://www.giorgioarmani.com

Prada：http://www.prada.com

Guess：http://www.guess.com

Valentino：http://www.valentino.it

Kenzo：http://www.kenzo.com

Givenchy：http://www.givenchy.com

Versace：http://www.versace.com

Yohji Yamamoto：http://www.yohjiyamamoto.co.jp

Vivienne westwood：http://www.viviennewestwood.com

Burberry：http://www.burberry.com

Fendi：http://www.fendi.it

DKNY：http://www.dkny.com

Chloe：http://www.chloe.com

BCBG：http://www.bcbg.com

D&G：http://www.dolcegabbana.it

Anna Sui：http://www.annasuibeauty.com

Paul Smith：http://www.paulsmith.co.uk

Polo：http://www.polo.com

Victoriai's Secret：http://www.victoriassecret.com

Ports：http://www.ports-intl.com

Levi's：http://www.us.levi.com

Benetton：http://www.benetton.com

Esprit：http://www.esprit.com

Nike：http://www.nike.com

第三节 淘宝地大搜查

　　究竟到哪里才能淘到本书第二章中讲到的各派系服装（当然还要物美价廉）呢？本节就将全国各地的淘衣好去处分门别类地介绍一下。

欧美系服装

　　欧美系服装是我们在服装批发市场、尾货市场中最容易见到的，很多MM不相信那里会有真货正品，那你可就要错失不少好东西了。

　　中国是世界各地大大小小各种服装品牌的主要生产基地，从事外贸服装的厂家及代理公司有数万家以上，除了国际一线品牌管理严格外，很多小品牌的每一款服装、每一批订单，都会有不少多余货、样品货、残品货产生，每年我国的库存商品大约有4万亿元！所以，几乎每天，都会有大量这种原单货产生，它们与商场里的"专卖店货"完全是"一母所生"，只不过是被遗弃在"贫民窟"中的"王子""公主"罢了，正需要慧眼人去拯救！

　　国际一线品牌、部分限量服装，是不会有原单流出的；但是，普通的休闲品牌，例如国内大热的H&M 、ZARA等，原单的出现率都很高。

　　区分这些品牌的原单，一是比正品，如果能先去专柜看个清楚，记住细节、面料，再去市场中比较是最稳妥的；二是看细节，尾货虽然有时会有小残次，但是整体做工绝对是过硬的，甚至有的欧美原单服装出厂时是带着专柜防盗牌的，这就更好判断了，因为假货是绝不会有报警装置的，只有真正的原单上才有可能发现这些小家伙。

欧美系服装淘宝地推荐： 北京动物园聚龙服装批发市场

位于北京西直门西侧、北京展览馆广场地下，以原单尾货较多著称，H&M、ZARA、The TOPSHOP、MANGO、Promod等欧美品牌都可以在这里淘到原单货，且价格非常低廉。

例如：2009年最时尚的仿皮legging，ZARA旗下品牌正品，还带着保真的专柜防盗牌，只需30元就能买到！

乘车路线：地铁2号线西直门站出口往西600米。

日系服装

看看你手中的《mina》《ViVi》里的小字体标注就知道了：日系服装品牌真的是多如牛毛！除了正式引进中国被我们广为熟悉的几个品牌外，我们不了解的日本服装牌子绝对多得让你想不到！

同样，服装批发市场、尾货市场中的日系服装也是数不胜数，日本人在验货时是最最挑剔的，所以留在中国市场中的尾货数量可不少呢！特别是那些国内无人知晓的小品牌，由于认知度低，对假货商来说没有仿制的意义，所以遇到原单的机会非常之高！

假货商们都要做赚钱的生意，所以大家越熟悉

的日系品牌，在市场中假货出现的频率越高，例如Itokin伊都锦旗下的MK、A.V.V、IIMK等，几乎已经很难遇见正品了。

日系服装淘宝地推荐： 上海七浦路服装市场

七浦路坐落在闸北、虹口、黄浦三区交界处，简称为7P路。其中被称为"老兴旺"的兴旺大楼，日本原单货最多。

当然其中的日单假货也不少，一定要本着细节至上的原则仔细挑选。

乘车路线：地铁至宝山站，沿河南北路方向步行约15分钟。

此外，前面说过的北京动物园聚龙服装批发市场以及淘宝网上，也都能寻到日系原单。

韩系服装

韩国多数服装服饰品牌的生产地都在我国山东，青岛、烟台、威海几乎遍地都是韩国的服装厂和首饰加工厂，所以韩系服装的原单从山东流入内地市场的数量也不可小觑。

判断韩国服装原单，可以先浏览我们前文提到过的韩国服装网站www.fashionplus.co.kr，按品牌搜，记住款式、细节、货号，再与市场中的比对，不难找到正品。

韩系服装淘宝地推荐： 山东省各服装市场

无论是Basic house、Thursday island、HUM，还是更多的韩国休闲小品牌，在山东都能发现原单。

济南的泺口服装城、淄博的淄川服装城、青岛国际服装城、即墨服装市场、威海服装市场等都有不少韩国服装。

另外，韩系服装搭配不可或缺的各种首饰，在山东也很容易找到。山东青岛的饰品绝大部分都是出口，首饰产品生产占全球市场的30％以上，在青岛见到价格超值的韩饰原单尾单实在是司空见惯的事情。

潮牌服装

所谓潮牌服装，多数还是欧美的滑板、冲浪等休闲品牌，之所以从"欧美系服装"中拆分出来介绍，是因为这些品牌更男性化、运动化，不仅在欧美知名，在港台地区和日本的"潮人"中也拥有很高支持率。本书的最后一章"品牌淘宝课程"中会有更多介绍。

潮牌服装由于港台文化的带动，也越来越被内地的年轻人喜爱并推崇，因此仿冒品越来越多。大家记住，潮牌虽然年轻化，但是里面也不乏价格昂贵的大牌，甚至有不少是限量出品的，例如APE旗下的各种服装，都不要妄想能淘到所谓原单；市面上20元一件的CLOT的T恤，不论做工如何不错，也不可能是真货。

潮牌服装淘宝地推荐：天津河东区人人乐淘宝街、全国各尾货市场

天津著名的淘货宝地当属河东区人人乐超市旁边的淘宝街。淘宝街以外贸包著称，volcom、ROXY、billabong等品牌的原单包并不鲜见。淘货时注意挑选那些带着"样单"标签的商品，肯定是正品。

乘车路线：乘公交车至河东区十五径路即可。

此外，尾货市场里也有很多潮牌的帽衫、T恤，即便有些小瑕疵，但20元一件原单大帽衫、10元一件正品潮牌T恤，还是很值得一淘的。

北京天兰天服装尾货市场

北京市丰台区西三环中路，丽泽桥东北角、丽泽桥长途汽车站旁边。

北京天汇尾货商城

北京市丰台区丽泽桥长途汽车站旁，天兰天尾货市场向北200米。

北京天通尾货市场

城铁5号线天通苑站西侧300米处。

北京通州梨园尾货市场

城铁八通线梨园站出口东50米。

PART FOUR
神奇单品

四十年前，一个划时代的迷你年代降临；四十年后，迷你风暴再次袭来，短打露肤大张旗鼓成为最耀眼的流行元素，带来一派充满新鲜感觉的青春风貌！

五花八门的背心、吊带，冲出内衣范畴，成为时尚宠儿，各式各样既舒适又凉爽的背心吊带成为叠穿混搭的新生力量。不同色调不同款型的叠穿打造出丰富的视觉层次，多元化的叠穿方式，在修身美体的同时打造时尚新面孔。

近年的小背心吊带装展现甜美年轻的淑女风范，可爱的、优雅的、运动的都将列入MM们必买的清单内！多元化的搭配法则，将清新、自由的气息贯穿，"露"出你的品位。

一件再简单不过的背心吊带，展现女性无可比拟的性感和充沛的活力，无论单穿还是套穿，加入每季新元素，带着轻松、惬意的享受造就属于你的那道风景线。

NO.1
它不只是件内衣
——背心、吊带

单品一：小吊带

持续的高温下，最佳选择当然是清凉NO.1的小吊带了！款式漂亮又凉爽的吊带，是MM们每年必备的时尚单品，两根细细的带子，挑起一身的娇柔俏丽，唯美浪漫情怀的细肩吊带，让你散发出柔亮的优雅气质。想要穿出与众不同，就要注意选择一些细节设计比较特别的单品。

搭配方案1: 都市个性轻摇滚It girl

HELLO KITTY黑色吊带：
15元（北京天通尾货市场）

ROXY吊带裙：
15元（北京天汇尾货商城）

淡粉色蕾丝珠片吊带：
19元（淘宝网）

黑色贝蒂娃娃吊带：
15元（北京天乐宫服
装批发市场）

2%品牌灰色金属装饰吊带：
20元（北京世纪天乐国际服装市场）

蓝色卡通吊带：
15元（北京动物园聚龙服装批发市场）

牛仔民族风吊带：
25元（北京西单华威大厦）

搭配技巧：

一件简单不过的紧身吊带搭配牛仔裤也许过于平淡，但如果缠绕一条流苏方巾，脚下一双豹纹高跟鞋，立即碰撞出非洲风情。

想要搭得精致可以选择外套针织衫，通过层次来弥补不尽如人意的腰围。而为了不让锁骨处太空旷，项链装饰必不可少。

方程式：灰色金属装饰吊带+深色铅笔裤+白色芭蕾裙+小礼帽

吊带加长裤的装扮，是欧美It girl们街头着装的最爱穿搭方式之一。如果不想太过中性化，可以用小纱裙加以中和，不同深浅的配色更有层次感，酷酷的造型中不失东方女孩的甜美，又散发出奢华而个性的轻摇滚气息。

搭配方案2：美臂修肩搭档

方程式：明色+暗色、紧身+宽松

细肩带的吊带有时候会让手臂粗壮的MM望而却步，不如选择一件一字领梯形短T恤衫，松垮的肩口，巧露一抹圆润香肩和锁骨，手臂赘肉也隐藏在了宽大的袖中。一字开领刚好将领口和内搭的肩带交错，形成立体雕塑效果。都说女人的香肩有时候比胸部更加性感，这种似有似无的诱惑，引人遐想。

单品二：小背心

女生的盛夏衣橱中，哪些出场率最高？一定非斑斓、轻巧的背心莫属。看似平凡的背心是百搭的基本款，无论单穿或者叠穿，经过与其他服装、配饰的碰撞，可以摇滚、可以纯真、可以优雅。纯棉小背心简单的线条能展现俏丽的身段，价格也很可爱，纯棉的质地穿着也舒服，是最好的清凉单品之一！

搭配方案1：俏皮活泼邻家女孩

彩色点点背心：
20元（北京动物园聚龙服装批发市场）

彩色条纹背心：
10元（北京天通尾货市场）

HELLO KITTY背心：
15元（北京天汇尾货商城）

蓝色红边背心：
10元（北京通州梨园尾货市场）

灰色豹纹背心：
15元（北京动物园聚龙服装批发市场）

黑白海螺图案背心：
10元（北京动物园聚龙服装批发市场）

黑白条纹背心：
10元（北京天乐宫服装批发市场）

白色小椰树长宽背心：
10元（北京天汇尾货商城）

方程式：彩条背心+背带短裤+运动鞋+糖果包包

　　清爽而可爱的颜色搭配方案，特别适合拥有邻家MM气质的女孩，休闲简单的单品组合出暑假轻松度假的装扮。随意的叠穿凸显俏皮活泼的气质，延续卡哇伊风格的糖果包包与配饰，让简单的着装更添俏皮细节，轻松吸引他人视线的同时也能为自己带来一份好心情。

搭配方案2：松紧叠穿嘻哈派

方程式：宽松+紧身、艳色+纯色

　　让宽松背心的肩带和打底肩带交错叠搭在一起，身材扁平的MM非常适宜此类叠穿方式，内外两件式混搭丰富了视觉层次感，并同时让身体圆润立体起来。

搭配技巧：

　　人人都爱坦克背心，它帅气清凉，特有的工字造型能为略窄的肩膀增加硬朗感，可以将线条优美的肩胛骨展露出来，最适合后背骨感、胳膊纤细的MM。

　　背心搭配短裤实在过于平常，而搭配大热连身裤，流线型的面料、垂直的褶纹让你看起来更显瘦，这时露出一丝内里的背心就更增加了可看性。

外穿法扮靓法则

色彩对比：浅色T恤配深色吊带、深色T恤配浅色吊带，突显层次感。

吊带长短：外穿太长款的吊带会显得邋遢，应选取长及腰部的为宜。

内衬T恤：肩部、胸前、上臂部分有图案的T恤能起到画龙点睛的效果。

吊带材质：略微透明感的吊带会微微显露内衬T恤的图案，若隐若现更可爱。

搭配关键词：对比色、透视度、中短款

保暖吊带外穿法

　　春夏季抢尽风头的可爱小吊带、娇柔小背心，在秋冬季似乎有些太过"凉爽"了，难道真要明年夏天再见了吗？

　　其实，只要借鉴一下T台上大为流行的"内衣外穿"法，把吊带背心套在T恤或衬衫外，这些夏日小凉伴就会再度成为主角，既美观又保暖，实用度100分！

搭配小花招

短款背心是变酷法宝，把你的健康体形自信秀出来吧。

下装无论搭配短裙还是短裤，同样要求低腰款，好让你在不经意间流露出苦苦锻炼出来的小蛮腰。

系起下摆的背心更为干练，腰部肌肤的显露强调了整体搭配的层次感，迷人又性感，是很实用的穿着小技巧。

夹脚沙滩鞋能帮助你在阳光下秀一秀美腿，运动+休闲的感觉就是这么相冲而成。

露肌法扮靓法则

热带风情：夏威夷风格的小背心搭配大热的毛巾运动短裤，热辣混合风可见一斑。

动感活力：颜色抢眼鲜亮的背心与人气NO.1的美臀小热裤搭配，使美腿倍感修长。

独立帅气：热烈的红色背心动感十足，完美贴合身体曲线，彰显帅气的新鲜感。

阳光性感：运动风格的小背心轻盈可爱，非常亮眼，完美贴合身体曲线的款式设计，彰显青春气息。

海滩背心露肌法

阳光、沙滩、海浪、仙人掌，还有一位俏姑娘！把握住年轻的活力，让女人味自然融入在海边运动中，小小背心让你的身材更加热辣，热情似火的活力散发着小麦色的夏日诱惑。

木槿花背心的夏威夷式休闲、露背工字背心的巴西式热情、调皮图饰小背心的东南亚式写意，美女们在白浪逐沙滩、椰林醉斜阳中尽享运动的活力。

夏天是 T 恤的世界，小小T恤永远是SUMMER DAY的主流，可爱的图案，多变的颜色，搭配短裙、牛仔裤都有着不俗的效果。

虽然T恤最初只是干粗重体力活的男人们穿用的内衣，但如今，连大明星们都成了小T恤的拥趸，纷纷穿着花哨的T恤上街、出席活动、行走时尚，T恤也就升级成了够范儿、够出众的前卫单品。

套上T恤，不但气质改变，连带心情也轻快愉悦不少，再加上现今街头风大行其道，更令时尚迷们对T恤趋之若鹜；不管何时何地，只要搭配得宜，T恤绝对是整体造型上的加分利器。

而且，T恤方便打理，不像其他衣服那样要花心思保养；简简单单的小棉T恤，价格更是便宜又实惠，多买几件也无妨，是我们夏天不可缺少的重要小单品。

在T恤的海洋中，你只要稍稍一扫描，就会发现属于你的款式哦！

NO.2
小恤衫大世界
——T恤

人气第一弹：可爱T恤

每个人的心底都有一个孩子，所以，有卡通图案的T恤永远都在流行，每一年都花样百出。至于怎样才能不显得幼稚可笑又充满时髦感，请参看不同年龄段的时装偶像们：二十多岁的Agyness Deyn，三十多岁的Chloe sevigny，五十多岁的Madonna……原来，可爱的T恤能够成为任何年龄段信手拈来的不老宣言。

当夏季的燥热令你烦闷时，俏皮的可爱小T恤能为你的心情降温哦。看看这些甜美的设计，每一款都令人爱不释手，有了它们，让你的受瞩目程度迅速提到NO.1！

PIPICHOCOMO（20元）

白色小怪物T恤：
20元（北京天汇尾货商城）

米奇妙（25元）

BLUE MOON BLUE（10元）

白色领带T恤：
48元（北京天兰天服装尾货批发市场1层）

清新白色组

经典的白色T恤悄悄变脸，不再只是单调的颜色变化，小小的图案让它们具有另一种风味，粉嫩中的爽朗使你在顽皮中体现温情。

粉色组

在众多的色彩选择中，粉红色最具"卡哇伊效应"，只要看看就让人绽放笑容的设计，与粉嫩嫩的色泽结合，充分体现可爱甜美感，让整体造型更加活泼，将HAPPY心情完全释放。

I P ZONE（30元）

SUPER LOVERS（20元）

SAILERS（日本）

粉色KITTY T恤：
35元（北京动物园聚龙服装批发市场）

黑色组

可爱独特的图案令黑色T恤不再沉闷，抢眼的LOGO、对比鲜明的配色，更显几分可爱俏皮，成为最醒目的可爱指标。

SAMSUNG（10元）

加菲猫（70元）

阿童木（30元）

天使翅膀（10元）

日式祭典（30元）

圣诞老人（5元）

蓝色组

　　天空和海洋的颜色最最适合夏日，清新简单的蓝色T恤，还你纯真本色。充满童趣的图案营造出欢乐的感觉，让你重温童年乐趣。

蓝色手绘短裙上衣图案T恤：
25元（北京天通尾货市场）

蓝色积木人T恤：
10元（天津淘宝街）

上至下：SUPER LOVERS（20元）、我爱你（10元）、贝纳通（35元）、色彩18（60元）

心形图案组

　　简单的颜色，概括的几笔，只要有心形图案的惹眼头阵，保准可爱万无一失，令你在约会中尽显俏皮甜美，轻松获取他的心。

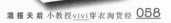

人气第二弹：运动T恤

　　展现街头时尚与运动风格的混穿格调就是王道。运动风格的T恤就像时尚的风向标，每一季都带给我们不同的惊喜，它没有搭配的禁区，和任何风格的服装都可以混搭出不一样的味道，与户外运动装同样可以完美混搭，穿出属于你自己的style。

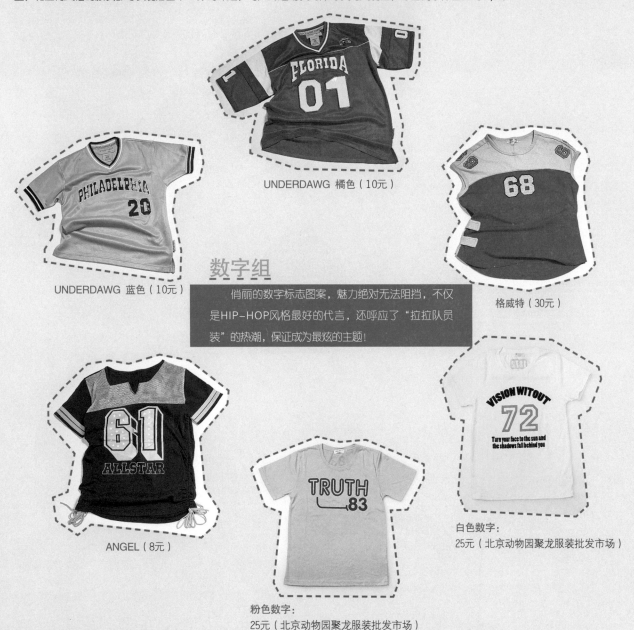

UNDERDAWG 橘色（10元）

数字组

　　俏丽的数字标志图案，魅力绝对无法阻挡，不仅是HIP-HOP风格最好的代言，还呼应了"拉拉队员装"的热潮，保证成为最炫的主题！

UNDERDAWG 蓝色（10元）

格威特（30元）

ANGEL（8元）

白色数字：
25元（北京动物园聚龙服装批发市场）

粉色数字：
25元（北京动物园聚龙服装批发市场）

荧光字母白色T恤：
20元（北京天汇尾货商城）

绿色字母T恤：
15元（北京动物园聚
龙服装批发市场）

文字组

　　文字T恤在所有T恤里最能告白穿着者的心情。解读T恤上的文字，不仅是语句本身，甚至这些词句在T恤上的形式感也能帮你抒发心中的话语，可以说就是一张鬼马的告示牌。

灰色字母T恤：
25元（北京动物园聚
龙服装批发市场）

黑白字母T恤：
35元（挚友外贸）

图案组

　　T恤的一个重要性格就在于它的活力与动感，让柔软的身体展现青春的无敌魅力，当你奔跑跳跃时一个转身，背后的风景也会洋溢出无尽的朝气与活力。

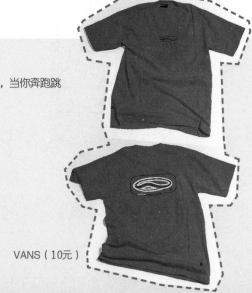

X-GIRL（25元）　　　VANS（10元）

SMITH'S AMERICAN（各10元）

绿色小精灵T恤：
20元（北京动物园聚龙服装批发市场）

黑色NIKE T恤：
79元（西单商场）

明黄色火箭图案T恤：
18元（北京天汇尾货商城）

红色渐变组

　　红色是和阳光最相称的色彩，深浅不一的红色T恤为动感派再添光彩，设计上也各具匠心——或是在阳光下会渐渐由红变白，或是在黑暗中会于红色中发出点点淡绿荧光，抢眼的图案&清爽的颜色，时尚度百分百！

上至下：匡威变色（10元）、ESPRIT（60元）、真维斯（15元）

人气第三弹：帅酷T恤

　　小小T恤是个人风格的强烈宣示和情绪个性的终极展现，是自我形象的刻意表白。让我们用帅酷的图案表达自己的情绪，在这一方小小天地写意出无限的劲爽画面。

　　无论朋克、哥特、手绘、涂鸦，只要够劲、够猛、够出位、够搞怪，都可以，更重要的是，要透着股帅酷的邪气。

TEXWOOD（30元）　　　　　LOOSE FLOW（10元）　　　　　BAPE（30元）

ISSUE（10元）

粉色组

说到粉色酷辣设计，一个"热"字是不足以形容的，各种涂鸦的混搭，轰击我们的视线，挑战我们的摩登承受能力，可爱与朋克风格的微妙平衡感让你超精彩。

naive（25元）

VOODOO（15元）

HURLEY白色T恤：
10元（北京天汇尾货商城）

金色超人LOGO T恤：
30元（五道口市场）

小狗T恤：
25元（北京动物园聚龙服装批发市场）

白色组

黑白配的抢眼色调，展现你的青春霸气与街头气势，劲酷图文充分闪烁小恶魔般的媚惑力，打造绝对Rock & Roll Baby！

CLEF DE SOL（20元）

黑色组

无论是超夸张炫酷的"造假行头"，还是old school朋克味十足的皇冠，设计大师的基本款单品，不易退流行的经典图案，均充满独特的现代意象感。

黑色小金人T恤：
100元（西单大悦城小英雄专柜）

黑白条金色图案T恤：
70元（淘宝网）

BAMBINI（39元）

OFFISAX（10元）

蝴蝶结冰淇淋T恤：
25元（北京动物园聚龙服装批发市场）

MARBEJA（10元）

灰色组

　　绝妙灰色调带来浓浓复古情结，刻意仿旧磨损的质感，以及酷酷的涂鸦，备齐70年代的街头怀旧韵味，引爆另类无极限的酷帅旋风！

NEO STANCE（8元）

叠穿法扮帅法则

色彩：内外两件T恤一定要选择对比色，否则叠穿了也看不出来。

条纹：条纹T是个好选择，但是千万忌讳内外都穿条纹，看了晕死人啊！

长短：下摆和袖子最好都能内长外短，若外边的袖子较长，把它们卷起来就OK了。

搭配关键词：条纹、撞色

上至下：GRATEFUL DEAD
（各30元）、黑紫条纹T恤
（10元）、EUZT（15元）

骷髅图案组

骷髅图案稍带"坏坏"的感觉，摇滚味道自然散发，演绎叛逆不羁的酷感，标榜自我个性，可爱与朋克的微妙平衡为你增添几分野性美感，迷幻味道令你成为街头的焦点。

怪医泰博士骷髅图案T恤：
99元（优衣库专柜）

骷髅蘑菇涂鸦T恤：
25元（北京动物园聚龙服装批发市场）

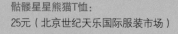

骷髅星星熊猫T恤：
25元（北京世纪天乐国际服装市场）

T恤叠穿法

穿衣搭配的核心精神是一种对自我的认可，不同于矫揉造作的特立独行，而是把独有的创意通过服装展示出来，几分闲适，几分慵懒，几分优雅，几分个性……

就像你看似随意地在白色T恤外套上一件彩T再把袖口卷起，或是在大热的条纹衫外简单地再穿一件街牌T恤，简单的加法让T恤更加有型。

以上数十件T恤均为vivi的个人收藏品，而且仅为全部收藏之九牛一毛！虽然数量可谓庞大，但胜在T恤价格低廉，即便大量购入，也不会让荷包紧张。相信慧眼的你也可以在T恤的海洋中淘出物美价廉的精品！让我们的生活伴着变幻无穷的T恤日日常变常新吧！

上衣大变身
——上装

宫廷梦幻公主上衣

谁说这是一个没有贵族的时代？卷土重来的复古风让每个时尚女孩摇身一变，成为娇俏温婉而又不失华丽典雅的微服出巡的欧洲公主。那胸前系着蝴蝶结的小上衣，娃娃领灯笼袖的宫廷白衬衫，无不让我们重新忆起，儿时做公主的天真梦想。而今，梦境竟离我们如此之近……

最IN上衣单品

淡粉色雪纺上衣，精致而乖巧的设计，简直就是为温柔公主的出巡所专门定制。

谁说只有养尊处优的公主才可以拥有柔媚的荷叶边？你也可以和殿下们一样，将娇气但绝美的装饰据为己有。

嫩红色+缎面蝴蝶结丝带不是所有人都敢于轻易尝试的，它的完美和娇贵决定了它是公主专属。

略为天真的娃娃式衬衫加上有爱丽丝图案的吊带上衣，有序地拼凑成飘逸年轻的形象，也为少女派的浪漫情怀画上浓重的一笔。

扮靓关键词

娃娃领、泡泡袖、荷叶边、蕾丝装饰、蝴蝶结丝带

粉色水玉雪纺公主上衣：
5元（北京世纪天乐国际服装市场）

蝴蝶袖蓝色连身裙：
35元（北京动物园聚龙服装批发市场）

木耳边灰色开衫：
40元（北京动物园聚龙服装批发市场）

配件秘诀

贵族气十足的灯笼短裤，点缀以绿色绸缎，淑女气十足，还可营造出帅气骑士风格。

全蕾丝手袋，娇嫩而并不张扬的色彩，拥有一种舍我其谁的特质和性格，非公主莫属。

公主的首饰盒里怎能没有珍珠的娇美？小女人的配饰也能凸显高贵气息。

华丽的宫廷饰物充满了复古感觉，小巧发卡更是锦上添花，可以做回头率百分之百的公主式美少女了。

藕荷色塔状上衣（EBASE）

红色蝴蝶结上衣：
35元（北京动物园聚龙服装批发市场）

项链

粉色短裙：
15元（北京五道口展销会）

皇冠戒指

珍珠手链

小仙女两件套（EBASE）

最IN上衣单品

基本的黑白两色为重点色，大大小小的圆点图案充满怀旧意味，将这季的服装呈现得素雅迷人。

雪纺是今夏的流行热点，婉约而气质非凡，营造出优雅的小女人风姿。

视觉强烈的几何色块构图挟着"普普风"成为夏季最抢眼的经典。

玫红丝绒上衣：
10元（北京动物园聚龙服装批发市场）

暗花雪纺上衣：
45元（北京天汇尾货商城）

复古花纹雪纺：
20元（北京动物园聚龙服装批发市场）

蝙蝠袖上衣：
35元（北京动物园聚龙服装批发市场）

钩花雪纺上衣：
10元（北京动物园聚龙服装批发市场）

经典知性怀旧上衣

除了经典的圆点、雪纺、奢华金色外，让人过目难忘的POP风格图案、迷你印象款、贵气丝滑的PVC面料……这些元素将上世纪欧美贵妇气质完美延伸，宛如上演一场怀旧奢华大片，华丽如昔中带有机敏的聪慧感，彰显奥黛丽·赫本般的大家风范与知性风情。

复古当道，一件设计得体的宽松扇形袖上衣能帮你很好地修饰体形，将宽松上衣塞进下装内，轻薄贴身的袖笼在你的律动中让手臂若隐若现。大开口的V领造型刚好露出性感锁骨，突出优势掩盖劣势，才是聪明之选。

配件秘诀

流行于上世纪70年代的大镜框式太阳镜明星味儿十足，把浮夸而极富个性的复古格调把玩到极致。

彰显大家风范的黑金配色手袋是打造知性风貌的必备单品，在低调中蕴含时尚感，凸显名媛风范。

金色腰带引人注目，柔美中带刚毅帅气，给人简洁、犀利的感觉。

华丽而绝不俗气的配饰，是赫本级别时尚女郎最为钟情的选择，可瞬间营造贵妇风范的奢华黑色蕾丝珠链是最佳选择。

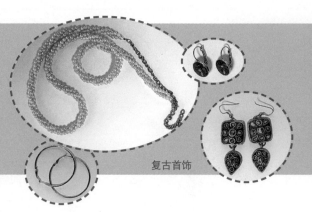

复古首饰

造型TIPS

白色打造的是公主气质。小蝴蝶结、小荷叶边等零碎简单的装饰点缀比较少，很有设计感的大片钩织蕾丝、几何浮雕图案才是王道，目的就是让白色呈现更多不可思议的视觉效果。

超大的泡泡袖和蝴蝶结当然还是装嫩的招数，细密的镂空绣花面料则为热衷于此的女生平添了一抹精致，更有立体花朵盛开的浪漫。

身着一袭亚麻或纱质白色小洋装，如若漫步云端，再加上一双无邪的眼神，会让人感叹天使落入人间。

浅色上装

当秋日初始，鲜艳的服装渐渐淡出，沉稳的灰黑色系成为主角，想要抓住夏天的尾巴，继续让绚烂的夏装绽放光彩，百搭的白色是最好的帮手。白色总给人清新无邪的感受，用它包容一切的态度展示着清纯甜美和大器风范。有了它的加入，绝对帮你摆脱秋冬的沉重阴霾，成为初秋的主角。

做好白雪公主要先考量肤色，五官分明的人适合雪白，肤色稍深则适合乳白或者麻白。

白色陷阱： 白色扮嫩往往采用公主衫、泡泡袖等可爱元素，娇小或瘦高都能很好演绎，偏矮或偏胖的女生则一定要避免穿一身全白的Lolita打扮哦。

白色复古公主上衣：
5元（北京世纪天乐国际服装市场）

白色黑扣吊带：
5元（北京世纪天乐国际服装市场）

白色仿衬衫款T恤：
50元（I.S.O）

白色蝙蝠袖长款上衣：
10元（北京动物园聚龙服装批发市场）

深色上装

几件简单的深色上装就可以带来华贵成熟的气质，贵气中保留着女性优雅之美，以感性色调和线条呈现韵味，塑造相当摩登且有女人味的造型，以最美的方式展现个人特色。

色彩上，平衡的黑、优雅的紫、宁静的深灰，都是华贵成熟的不二选择，还有韵味十足的驼色、咖啡色，令人联想到那个追求优雅的年代。而明亮的银色字母与亮片围巾在其中穿插，是对经典恒久出新的又一次诠释。

造型TIPS

黑色的迷人风采不仅在于它的神秘，其良好的视觉修饰效果，让体型偏胖的MM有了穿得更苗条的可能，而对于瘦削的女孩，黑色也能够有意想不到的修饰效果，变高贵、变性感。

黑白点的搭配相当富有贵族气息，氤氲出少女的成熟美。

上衣领口处的花边造型，突出女性特质，细节处的点缀充满了纯真诱惑。

白色宫廷风格项链：
7元（北京阜外天意
市场）

白色钩花马甲：
5元（北京世纪天乐国际服装市场）

雪纺上装

怎样才能最体现浪漫呢？毫无疑问非雪纺莫属！飘逸透气的材质搭配甜美的蕾丝花边和诱人褶皱，顿感自由与轻松。或高贵典雅，或俏皮可爱，无论怎么搭配都会让你成为时尚女主角。

田园风搭配是简约与复古的回归。撞色的搭配、极致的大花和细碎的小印花绝对是田园风格的首选，像Louis Vuitton一样用花朵来装饰自己，让这股花样风潮更加灵动。

质地轻薄如蝶翼，色彩柔和如初夏阳光，雪纺充斥着浓郁的复古风潮，随意混搭的层叠穿衣法，将雪纺衫的轻柔飘逸完美展现，柔美风韵不言而喻。

黑色字母上衣：
30元（北京世纪天
乐国际服装市场）

黑色白点点上装：
5元（北京世纪天乐
国际服装市场）

黑色宫廷款衬衫：
10元（北京地坛展销会）

黑色钩花领上衣：
30元（北京动物园聚
龙服装批发市场）

黑白点吊带：
20元（北京动物园聚
龙服装批发市场）

黑白点塔裙：
70元（东方新天地）

黑色船鞋（ESPRIT）

HONEYS雪纺裙：100元

小碎花雪纺吊带：
5元（北京世纪天乐国际服装市场）

藕荷色水玉雪纺长衫：
5元（北京世纪天乐国际服装市场）

黑白点雪纺马甲：
20元（北京动物园聚龙服装批发市场）

小碎花雪纺：
30元（北京天乐宫服装批发市场）

水玉雪纺裹胸吊带：
5元（北京世纪天乐国际服装市场）

传说中的 "冷衫"
——毛衣、针织衫

秋天是一个属于温暖毛线织物的季节。它们轻薄、柔软的质地非常适合在换季时穿着，尤其是穿脱方便的针织衫，更是必不可少的百搭款式。

高领针织衫

入选理由：OL必备通勤单品

搭配指南：

只要穿上高领针织衫，OL的气质就先加个200分，因为高领衫本身就是靠简单的剪裁创造出利落的质感，再加上针织本身的垂坠感可以修饰身材，让人看起来更瘦、更修长。如果再加上配饰，整个身形就被塑造出来了，即便不太懂穿衣服的人也可以轻松找到自己的style。

两件式针织衫

入选理由：一衣三穿，搭配百变

搭配指南

　　两件式针织衫除了具有整体美感之外，其外套开衫也可以单独搭配其他款式的细肩带衣裙；而里面的那件则可以单穿搭配夸张醒目的项链，或是变成西装外套及牛仔外套的内搭，都是不错的选择。买一件等于送一件，所以最实用也最划算，粉领族绝对不能少。

　　穿着两件式针织衫时，别忘记搭配带有金属细节的闪亮配饰。

V/U领针织衫

入选理由：扬长避短修饰身材

搭配指南

　　低U领及低V领的款式可以内搭翻领衬衫，最适合微凉的秋天。

　　建议上围较丰满的MM可以尝试深V领针织衫，除了展露性感也可以修饰圆润脸型；如果是比较骨感的MM穿深V领，则应该把重点放在性感的锁骨上，展现女人味。

　　一件简单基础的针织衫，只要搭配打底背心，让打底露出2厘米左右的边缘，就会使腰身看起来变长。打底的材质，宁可紧一分也不要松一分，因为它的作用是用来衬托针织衫，服帖地裹在你的臀部上，利用视觉落差塑造苗条轮廓。如果过于松垮的话，反而会看起来腰部臃肿，得不偿失。

长款大毛衣
入选理由：保暖性好

搭配指南

也许是受了韩剧风潮的影响，近年的毛衣设计，无论男款女款，都走"大长襟"路线——长款大毛衫成了主流。

长袖、短袖；开身、套头；带帽、V领……各种长款针织衫都格外抢眼，搭配小脚裤或Legging都是不错的选择。

基本款开衫

入选理由：每年必备的"压箱货"，永不过时的单品

搭配指南

开身毛衣在秋冬季成为必备之选，虽然外表低调，但它在搭配其他衣服时却是功不可没，可以说是衣橱中最实用的一件单品。

轻薄的开衫易于随时穿脱，不怕皱的质地最方便携带，凉了随时穿上，热了脱下来披在肩上也是一种装饰。在搭配方面，无论配搭衬衫还是针织衫，不仅在色彩上可以有多种变化，更可以修饰不完美的腰部线条，成为"瘦身"的好帮手。

可爱花线毛衣

入选理由：添加温柔的浪漫元素，好感度100％UP

搭配指南

冬日中的毛衣，总让人想起甜蜜的温暖怀抱。温柔的质感，极富女性魅力的多重变化元素，永远是冬季时令搭配的主打。可爱甜美的毛衣，让你拥有绝对温柔的一季。

套头毛衣+短裤+长袜+雪地靴，带有桃心图案的毛衣与彩裤搭配十分协调，可爱又活泼。

开身毛衣+修身牛仔裤+雪地靴+粗线棒针围巾，好像韩剧女主角，让整个冬天不再寒冷。

甜美提案

白色毛衣、帽子与小挎包，粉色围巾、长靴与条纹抹胸，在颜色上互相呼应，甜美度瞬间吸引所有人的视线！其实这些都不过是平日的普通休闲单品，但在寒冷的冬日，这些柔美色系的单品，不但能带来温暖感，更强调了冬日中的甜蜜，搭配度100分！

造型1：约会毛衫装

浪漫约会，是增进感情的大好时机，甜美的着装必不可少，让我们将可爱进行到底，令你的他眼前一亮，心甘情愿地把你宠成幸福的小公主。

白色毛线帽：
20元（北京动物园聚龙服装批发市场）

加分单品

毛茸茸的粉红挎包打造冬日浪漫形象，温暖感的粉色系绝对提升甜美度！

皇冠项链带来无比幸福的感觉，令你成为童话中的主角，再配合节日气氛浓厚的小装饰，这个约会怎能不让人回味无穷？！

白色灯笼袖钩花纯毛毛衣：
5元（服装展销会）

粉色毛线围巾：
20元（北京世纪天乐国际服装市场）

粉黑条纹针织系带抹胸：
30元（北京众和市场）

银色芭比小拎包：
8元（北京天意市场）

毛茸粉红拎包：
15元（北京西单明珠市场）

粉色毛毛长靴
（"梦想网"网上鞋城）

加分单品

　　银光闪烁的长款开衫，价格贴心，又方便搭配，能够帮你营造出妩媚又优雅的崭新形象，在舞池灯光的映衬下熠熠闪光，带来目眩神迷的视觉效果，令你在瞬间尽显华贵气质。

　　浪漫、华美、精致、典雅，是节日舞会的代名词，荷包里银子不多的情况下，配饰的精彩点缀，也是焕发尊贵性感神采的法宝。

黑色毛毛装饰大领毛衣：
85元（北京世纪天乐国际服装市场）

优雅提案

　　黑色大领毛衣散发着贵族气息，圣诞拼贴装饰的牛仔裤展现低调的华丽，共同演绎出高贵的淑女风情。金色短靴与上装的金色小细节呼应，妩媚之中更添几分炫目，一定可以让你在舞场上信心百倍！神秘的黑色与白皙的青春肌肤互相映衬，再配上银色的毛毛围巾，将你婉约的气质推向极致。

造型2：舞会毛衫装

　　光辉灿烂的华丽之夜，柔情四射的魅力舞池，想成为舞会上的焦点？那么着装当然要以高贵华美为基础，但又不要太过保守掩盖了青春本色，更不要一味贪图美丽冻坏了身体，毛衫自然是不错的选择。

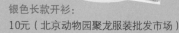

银色长款开衫：
10元（北京动物园聚龙服装批发市场）

银色毛毛围巾：
20元（北京世纪天乐国际服装市场）

圣诞拼贴装饰的牛仔裤：
45元（北京动物园聚龙服装批发市场）

金色短靴：
（"梦想网"网上鞋城）

金色花边靴裤：
45元（北京世纪天乐国际服装市场）

黑白条金线毛衣：
10元（北京动物园聚龙服装批发市场）

黑色/银色裤袜：
15元（北京世纪天乐国际服装市场）

造型3：聚会毛衫装

　　热闹的节日中，好友云集的PARTY实在令人欢欣喜悦，什么样的服饰才能在众人中大放异彩呢？让我们一起打造标新立异的PARTY STYLE，帮你纵情狂欢吧！

金色大拎袋：
40元（VERO MODA折扣店）

雪花图案长靴
（"梦想网"网上鞋城）

夺目提案

　　热闹的PARTY一定要盛装出席，金色绝对是最佳选择，让你在寒冷的冬季散发出无尽热力，给你带来耀眼的明星般感觉——黑白条金线毛衣+黑金帽衫+金色花边靴裤+金色大拎袋+金扣雪花图案长靴，碰撞出魅力火花，尽显MIX时尚潮流，带来百分百的抢眼度。

加分单品

　　若嫌黑色裤袜不够炫目，换条银色裤袜，与腰间的银色亮片饰带构成绝佳呼应。

　　实惠又实用的小窍门——用闪闪发光的小饰物提升整体的受瞩目度，拥有精灵般魅力的点睛头饰，让你成为聚会中的绝对主角，尽情释放耀眼光芒。

每个女人的衣橱里必定会有几件衬衫，从学生时代到步入职场，它们经典简约的款式就是整洁乖巧的代名词。

但你有没有想过尝试着挖掘一下这件基本款的另类新面孔呢？百变多样的穿搭法可是你成为时尚Icon的必修课！通过奇思妙想的趣味混搭，就可以将衬衫与当红时尚元素混合，让它们不只停留在中规中矩的制服里面，而在巧妙的搭配中将时尚看点无限升华。

利用衬衫，我们可以将简约的设计精髓融入华丽优雅、英伦复古，抑或是动感朋克当中去，令单一的制服衬衫在瞬间展现出硬朗、柔美、俏皮、知性的百变面孔，焕发不同夺目光彩，打造出属于你的个性混搭风格。

NO.5
亦正亦邪
——衬衫

职场风衬衫

如果你对职场衬衫的认知仍停留在"制服"阶段，那你也未免太小看它了。事实上，西装的衬衫不论是在领口、袖口，甚至扣子都有许多别出心裁的设计，每一件都有不一样的style。假如你有点懒惰不想花太多心思在衣着上，你可以每天更换不同款式或颜色的衬衫来搭配窄裙及长裤，创造属于你个人的简单利落、专业又自信的风格。

此外，一件剪裁合体的衬衫也可以达到视觉上"瘦身"的功效，借以修饰上半身线条，再配上合身窄裙，就会让人有惊艳的视觉效果。因为笔挺的衬衫线条，刚好可以拉长圆滚滚的上半身。

衬衫一年四季都可派上用场，就算到了秋冬，也可以在衬衫外加件背心、外套式毛衣或毛料西装外套，搭配性超高，是每个OL不可或缺的基本单品。

搭配建议： 黑色条纹衬衫+长条黑色珠链+驼色长裤+黑色高跟鞋

优雅风衬衫

荷叶领较一般翻领衬衫更有女人味，却又不失专业感。

极具视线聚合力的领部荷叶边褶皱，增加了体积感和蓬松感，适合娇小清瘦的女生，带来丰满效果。搭配这样款式的衬衣，一定要充分展露领部和前襟细节，可以搭配简单的开衫或者外套。在颜色、款式上也要干净利落，免得褶皱、花边过多。巧用搭配技巧，穿出自己的味道才是最高的境界。

搭配建议： 白色荷叶领条纹衬衫+驼色长裤+金色高跟鞋

甜美风衬衫

丝质衬衫的垂感让人显瘦，无形中有一股淡雅气质；缺点是容易皱，穿时要十分在意。

贴合的胸部裁剪很好地勾勒出曲线美感，粉色衬衫与黑色长裤的色彩对撞、硬与柔的巧妙结合，让你成为焦点。

搭配建议： 粉色丝质衬衫+珍珠项链+驼色长裤+金色高跟鞋

休闲风衬衫

格子衬衫是体现搭配功力的经典休闲单品，Agyness、Jessica Simpson等众多明星和时尚达人都钟爱它。想制造慵懒休闲感觉，可以借来Boyfriend的大衬衫，长度最好过臀，遮盖住亚洲人臀形扁平的缺陷。搭配Legging或是卷腿短裤，再敞开衣扣露出内里性感小背心，强烈的反差增加了视觉感，简单随意又不失性感，加副太阳镜，一派明星架势。

搭配建议： 格子衬衫+长款坦克背心+闪光Legging+高跟鞋

帅气风衬衫

中性力量卷土重来，"骑"装异服闪亮登场，军装衬衫模糊了军服硬朗的模样，烙下一些神似军装的微妙印记。女生身着猎装衬衫，冷峻的空气里有暖意蔓延。

采用军装式样的剪裁与细节，宽松随意却又帅气的设计也拥有不一般的性感味道：袖口的卷边设计可根据喜好自行翻卷，肩帕上的挂扣能塑造立体肩部造型。将衣角随意打结露出小蛮腰，硬朗里裹挟可爱，华丽与不羁肆意张扬！

搭配建议： 猎装衬衫+短裤+短靴

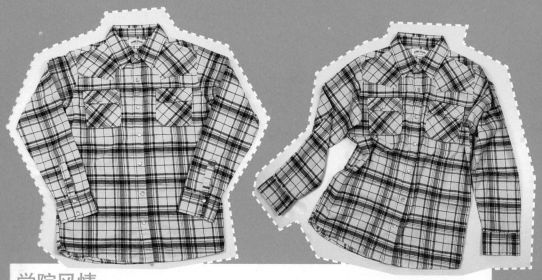

学院风情

　　条纹是时尚常青树，在每一季都能兴风作浪。条纹开衫内搭白衬衣和条纹领带，在轻松活跃的同时，还能够搭出点英伦学院风。质感良好的宽松裤，给条纹和白衬衣晕染上了雅皮士般的个性，简单率性。无论你是喜欢中性风，还是复古潮，都可以轻松达标。

　　除了裤装，衬衫还可以与高腰裙碰撞出不可思议的对比效应，让明快的色彩在不经意中跳跃，舞动出新时代的摩登少女形象。

　　混搭的绝妙之处就在于用最简单的元素碰撞出最讨巧的风格变身。长长短短、层层叠叠的视觉效果，把"校服衫"升华得如此玄妙。

俏皮风味

　　最受欧美明星和时尚达人们追捧的铅笔裤，自然也是衬衫的好拍档。如果胯部比较纤细，可以把衬衣掖进腰带，也可以选择名模Agyness常穿的那种宽松长款，叠穿之后会更加古灵精怪。如果要更加潮味，就一定要穿上亮色板鞋。

　　衬衫搭配马甲，本是很经典的绅士搭配，却带来了女生独特的干练气质。将小马甲用自己的"深V"和收腰的剪裁将身材修饰得很好，妙处就在于能够不声不响地优化你的腰部曲线，既起到层次的点缀作用又是掩饰你小肚腩的好搭档。

　　一顶俏皮的小礼帽更把衬衫的活泼韵律显现出来，颇具韩式俏皮风味。

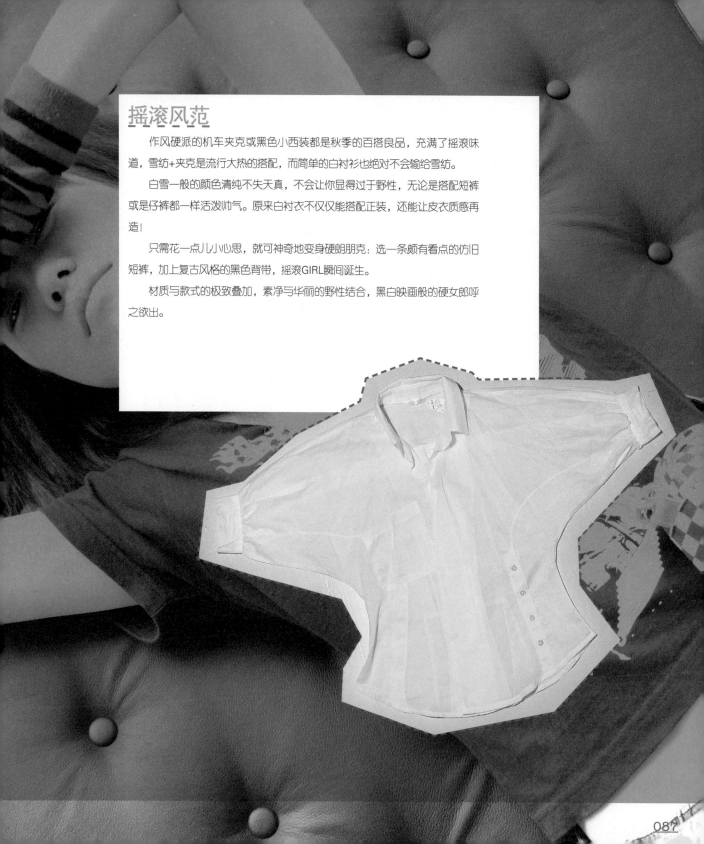

摇滚风范

　　作风硬派的机车夹克或黑色小西装都是秋季的百搭良品，充满了摇滚味道，雪纺+夹克是流行大热的搭配，而简单的白衬衫也绝对不会输给雪纺。

　　白雪一般的颜色清纯不失天真，不会让你显得过于野性，无论是搭配短裤或是仔裤都一样活泼帅气。原来白衬衣不仅仅能搭配正装，还能让皮衣质感再造！

　　只需花一点儿小心思，就可神奇地变身硬朗朋克：选一条颇有看点的仿旧短裤，加上复古风格的黑色背带，摇滚GIRL瞬间诞生。

　　材质与款式的极致叠加，素净与华丽的野性结合，黑白映画般的硬女郎呼之欲出。

NO.6
石榴裙下
——裙装

A字裙

　　穿裙子除了能够展现女人味之外，最重要就是能够修饰下半身的身材。不管你是哪种身材，衣橱里绝对不可或缺的就是"A字形"的裙子，因为这是最能够修饰臀围以及大腿的版型；OL一整天都得穿着同一套衣服，A字裙不但让你活动自如，坐下来也不会有紧绷感，走路也没有小碎步的窘境，对于OL来说真是再合适不过了。

搭配建议

　　建议大家在选择裙子材质时，尽量考虑不易起皱的布料，例如莱卡。而棉、麻等布料则较不适合，免得一整天下来背后的裙摆已经皱到不能见人。

　　推荐MM们一定要有一条白裙，选购时的注意事项是"不透明质料"，如此一来不管你想穿什么颜色的上衣或鞋子，全都百无禁忌，相当好搭配，而且一件就可以横跨春、夏、秋、冬四季。一般人担心白色会给人膨胀、显胖的视觉效果，但其实只要选对剪裁，找到适合自己身材的裙子，白裙一样可以穿出修长的下半身。

连衣裙

当你真的不知道该穿什么衣服出门时，连衣裙肯定是你最好的选择，这永恒经典的款式会让你瞬间变得Lady起来，往身上一套就可以解决所有问题，不必去烦恼如何搭配。经典的连衣裙赋予了女人更多的生命力，它是一年四季女性衣橱必备的款式，实用简洁的款式能够让你轻松游走于休闲与小型聚会场合之间。每季连衣裙被各位时尚大师营造着不同的风格，唯一不变的还是它散发出来的女人味。

最值得一提的是假两件式连衣裙，别致的二合一组合，平添了几分轻松的趣味感，既达到了搭配的目的，又能减少里三层外三层的烦琐套穿，非常适合忙碌到懒得花心思搭配的OL们。

搭配建议

　　如果你是个懒MM，又不太会搭配衣服，连衣裙可说是最安全的穿衣原则。在需要比较正式服装造型的场合，就在连衣裙外再加上一件合身西装外套；轻松自在的场合，则加上一件牛仔外套，年轻美丽的感觉马上就跳出来。可以说连衣裙是进可攻，退可守的单品。

　　若你拥有S形曲线的标准身材，连衣裙+腰带就是你的法宝，划分黄金比例线，突出了你纤细身形的同时，勾勒出你完美的身体曲线。

　　优雅唯美的褶皱裙摆在微风中飘动，如同画卷般美丽，是女孩扮成熟的最佳选择，裙摆飘逸，绝对让你神采飞扬。

网球裙

在以前的印象中，运动服装穿起来都是拖拖拉拉、晃晃荡荡的，宽松倒是宽松了，可是一点也不美观，让许多爱美的女生拒之千里。如今可不同了，现在运动装的设计越来越人性化，所谓人性化，就是既符合人体运动需要，又能勾勒出美丽的身体曲线。例如网球裙，它不只代表着运动，通过巧妙的发型搭配，还能演绎出各种风格来。

搭配小花招

迷你裙的最佳拍档当数棉质的小T恤——吸汗又美观，实用又时尚。

粉红T恤充满女性的妩媚，挽起T恤的一角，微微露出小蛮腰，增添了俏皮与时尚感。

简单的数字或字母款式设计更显简约主义的唯美风范，修身的立体剪裁勾勒出优美曲线。

小小护腕是运动场上最恰当的首饰。

搭配方案

活泼造型：牛仔网球裙搭配亮色吊带T恤，让你在运动场上尽情挥洒青春的活泼与热力。把头发随意地挽成小发髻，既方便又不失个性魅力。

休闲造型：不规则设计的网球裙打破了过去千篇一律的定律，凸显了你的与众不同。

活力造型：剪裁单一的白色网球裙看起来清爽利落，加上脑后黑人式长发辫，更显出运动活力来。

俏皮造型：粉红色系的清凉短装显得帅气与俏皮，梳下刘海扎起卷发马尾，再配上可爱的发箍，娇俏度100分。

迷你裙

迷你裙是那么甜蜜可人，怎么可以错过，它是娇小美眉的必杀技，轻松打造利落感觉，让你显得更加活泼、富于动感。

裹臀式迷你裙制造诱惑的能力绝对不可小觑，有傲人臀部的MM们可不要错过了炫耀的好机会。

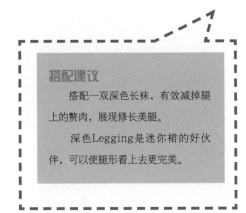

搭配建议

　　搭配一双深色长袜，有效减掉腿上的赘肉，展现修长美腿。

　　深色Legging是迷你裙的好伙伴，可以使腿形看上去更完美。

　　层叠裙摆增加迷你裙的存在感，与精致的白色钩花上衣完美组合出日式清淡休闲风，如果担心上半身显胖，可以搭配宽腰带重塑腰身线条，散发出可爱的小女人味道。

花苞裙

　　古着热带动了花苞裙的大肆复苏，是轻熟女的不二选择，裙形不会凸显丰满的臀围，还能让人忽略有赘肉的小腹，衬托前突后翘纤细腰身，是职场女性的专利，成熟典雅，简洁干练。

　　花苞裙不但可以直接穿，还可以搭配丝袜或Legging在初秋的季节穿着。上装要选用短小或者下收的小衫，这样才能让花苞显山露水。

　　花苞裙通过腰线、裙形的交融，散发出女性柔美风姿。与高腰的双剑合璧，一方面能彰显出小细腰，一方面还可以帮有一点小肉肉的女生们修正一下胯部和腿部。在一抹腰封中回归对女性身体曲线原始美的追求。

搭配建议

　　薄呢质料的花苞塑出了果敢和自信的味道，配上大褶饰的华丽风格衬衣，上繁下简的混搭，使女性的知性美发挥得淋漓尽致。踏上宽带高跟鞋，功能自然不必多说，就是提气！

　　花苞短裙优雅浪漫，要想穿得对味，一定要注意选择一些女性化的精致配饰做搭配。

属于你的那件 "褛"
——休闲外套

大毛衣外套

　　紧身服饰虽然可以体现玲珑有致的曲线，但宽松特大号毛衣和针织品也是明智选择。放心，这些蓬蓬的衣物不但不会遮盖掉好身材，一派慵懒的散淡反比束身服饰来得更性感。

优势：搭配随意、简洁利落。

灰色毛线帽：
25元（北京五道口市场）

白色毛线帽：
10元（购买毛线自织）

搭配方案：长款毛衣+短裙

　　流行重新回归素雅简约派，长款毛衣在冬春两季都是流行要点，休闲的款式让你青春感倍增，特别适合搭配短裙短裤穿着，针织衫的柔软与放松感完美演绎出来，简单中不乏时尚。

色彩推荐

　　低调的灰色搭配明亮红色显得生气勃勃，加条漂亮项链能更好地传达出华美度，获得舒适的优雅美感。毛衣、手套、帽子统一的灰色系素雅而清淡，勾勒出曼妙形象。

民族风牛角扣针织外套

AF深灰色粗棒毛线大衣：
59元（淘宝网）

小鹿图案针织外套：
80元（北京世纪天乐国际服装市场）

星期四岛屿针织外套

牛角扣外套

常看到日韩剧中女主角穿着牛角扣大衣，走在雪花轻飘的街头。添加了牛角扣设计的英伦经典外套走的是淑女唯美路线，设计款式简洁大气，洋溢着优雅温柔与甜美的气息，是体现娇美可人气质的首选，可谓时尚MM不可或缺的单品。

优势：轻松乖巧、优雅文静

搭配方案：牛角扣外套+格纹

　　牛角扣在休闲中带着一点华贵斯文的气质，与同属英伦风的格纹搭配，如同化学反应中的催化剂，在深沉的衣着色系中添了耀眼的一笔，让人期盼冬季恋曲快些来临。

格子毛线帽：
5元（北京世纪天乐国际服装市场）

英伦格子围巾：
10元（北京聚龙服装批发市场）

深灰色呢子牛角扣大衣：
80元（北京天乐宫服装批发市场）

黑色条绒牛角扣大衣：
100元（北京复兴商业城）

色彩推荐

　　朦胧而无鲜明界限的灰色调是最IN的色彩，干练而不失成熟韵味，时尚中显出优雅气息。穿出了女生端庄娴静的复古韵味，也穿出了女生乖巧文静的知性美气质。

红色超人外套

白色FUBU大帽衫：
60元（淘宝网）

嘻哈大外套

男生身上的嘻哈风连帽上衣，穿到身材娇小的女生身上，就摇身变成了宽松的大外套，巧妙的男装女穿，让同一件衣服有了不同的味道。

优势： 宽松舒适、个性十足

搭配方案： 嘻哈大帽衫+锥裤+板鞋

超大帽衫带着慵懒闲适感觉，搭配阔腿裤自然能保持整体嘻哈风格的一致性；但若打破常规与瘦腿锥裤搭配，则更易突出女生的娇小身材，穿出与众不同的独特风格。

想要做出潮人姿态，一定要把帽子搭在头上！如果你的肩膀和后背算不上十分纤薄，后背的帽子会让你比平时看起来要壮实得多。更不要企图将帽子翻在外套外面，看起来也俨然是一场鼓鼓囊囊的灾难。如果你拥有一把蓬松柔软的长卷发，不妨试验一下这种穿着方式，很有点欧洲贵族洋娃娃的感觉。

色彩推荐

不要害怕白色的扩张效果，要的就是这种"上大下小"的对比感！彩色图案或迷彩式花纹提升服装的整体效果，速写出青春姿态，增添俏皮味道。

FAMOUS迷彩大帽衫：
25元（北京动物园聚龙服装批发市场）

金色印花黑色外套

豹纹毛毛外套

彩色嘻哈大外套

"吃豆"图案外套
（北京动物园聚龙服装批发市场）

风衣外套

　　风衣，是女装成衣化的一场时尚革命。风衣外套向来是秋冬时尚的主旋律，除掉其功能性以外，带给我们更多的是一种时尚态度。修身的廓形，精致的剪裁，令它无论搭配正装抑或表现休闲风格都可以游刃有余。在复古旋律的笼罩下，风衣也变得更添迷情韵味。

　　小立领长款风衣，细腻文静的咖啡色，演绎着永不过时的优雅风情。举手投足间不经意地流露出柔美气息，带着奥黛丽·赫本般的优雅典范，一定让人心向往之。

搭配方案

经典的长风衣款式在连身一件式的搭配下，呈现出身材的曲线感。而风衣若与裤装搭配，请尽量选择紧身的瘦腿裤，因为宽松的肥腿裤搭配风衣会令人显得十分矮小。

将风衣系上腰带，身材轮廓就会得到充分展现。皮质长手套与高筒靴的点缀立即使整体感觉婉约起来。

长呢外套

　　长呢外套的风格介于休闲与通勤之间，是成熟系美眉秋冬日常着装的首选。

　　长及脚踝的呢子外套适合高挑的女性，若选择黑色还会颇有《黑客帝国》的气势，身材高挑的骨感女可以尝试。

　　双排扣呢外套非常有贵气，怎么穿都会有名媛味，缺点是看上去会显得比较老成，而且在挑选时一定要注意选择肩部腰部裁剪很修身的，否则从后面看会像是一个大邮筒。

　　阔翻领呢外套会让人看起来比较强势，注意领子不要选择大荷叶边，即使人长得再瘦也会显得臃肿彪悍。

搭配方案

　　驼色虽然中庸，但显得干练、优雅，永远不会出错，搭配黑色和咖色系的配饰会比较和谐。

　　咖色完全不挑肤色，放之四海都能提亮脸色，穿咖色需要自身的气质，否则很容易落入沉闷的行列。

NO.8
跳出办公室藩篱
——西装外套

时至今日，如果你还认为西装是属于男人的服装，可就太OUT啦！小西装早已发动了一场关于时尚的革命，每一次的明星街拍都少不了它，中性风、英伦范儿，时而内敛、时而耀眼，让人捉摸不清的多变气质，将传统的老气印象完全改写，呈现出异彩纷呈的形象。

上班族衣橱的基本配备非西装外套莫属，搭配性高又实穿，无论裤子、裙子甚至一件式裙装，只要一配上西装外套，马上就有"正式"、"专业"的形象出现。而今，向来被看做通勤装的代名词，被喻为"办公室专用品"的西装，经过潮人们的个性搭配与巧妙改造，成为时髦又实用的四季必备单品。ARMANI能用西服搭配出名媛淑女，Dsquared2却能穿出个摇滚森妹，可见小西装的发挥空间有多么大。

如果你已经有合身正式的西装外套，接下来可以考虑略微休闲的猎装风格的西装外套，除了正式之外，又添了几分利落，可以在放假或约会时搭配小背心、牛仔裤，效果也不错。男性气质的西装外套搭配女性化元素，照样能够穿得时髦又有型。

颜色推荐黑、白、米（卡其色或驼色）三大"万能色系"，让你怎么搭都合适，是实用性极高的必备单品，可以帮你省去不少置装费。

小西装的款式也有很多种，条纹面料赋予帅气身段，竖向暗纹显身材修长，复古味道的立体垫肩提升魅力指数。强势女性是时尚潮流中的热点，硬朗中融合了女性柔美气质的款式都是造型的重点。

小西装与场合

小西装在不同的场合会起到不同的作用：

办公室着装比较严谨，强调职业感，建议搭配高领或有简单配饰的打底衫，外搭浅色的修身小西装，效果会非常好。三粒扣西装最有office感觉，收腰的设计可以突出身材，注意腰腹不可太松、肩胛处也不可太紧。

时尚解析：高腰款式的小西装，透着一股独特的坚定和知性的味道，体现干练风格和处世的老练，不复杂、不累赘，干练中不乏妖媚之色，将你的都市感和成熟职业感轻松流露出来。

户外活动因为出游早晚温差比较大也需要一件小西装，不需要强调太多的面料感，颜色可以较鲜艳。单粒扣西装作为正规office着装有点勉强，但当成休闲装来穿却最讨巧，下边搭配紧身牛仔裤，给人感觉很利落。

时尚解析：请记住，连Sienna Miller那种柴火妞的身板都要在短外套里罩个长衫才敢出街，普通的水桶腰就不要妄图挑战"短短配"的极限了。长T恤不但能拉伸腰身，而且还能突出与短外套搭配的层次感。

约会当然需要小鸟依人一些，谁说"嗲"就要像Paris Hilldon那样全身粉嫩嫩？最为休闲、讨巧的穿法，是在小西装里边配一件碎花连衣裙。在硬朗帅气的外壳下衬托出女人味，这种视觉反差便成为你整体造型的杀手锏。

时尚解析：可爱而甜美的粉色天生就是属于女性的。将这一色彩融入到小西服中，恰到好处地中和了西装的严肃，让你在约会中更具亲和力。扔掉高跟鞋换上平底小船鞋，果真变嫩了！

周末狂欢参加party，一定要利用闪亮元素让你在人群中跳出来。在材料的选择上不妨华丽些，或者在光感度上强一些，多一些金色或者银色的亮片。

时尚解析：建议穿短款的装饰性小西装，在腰间搭配一根很炫的腰带，便丰富了整体的层次和色彩。十分抢眼又养眼的搭配，散发出性感又自信的吸引力。

小西装搭配法

关键词： T恤+窄脚裤

黑色本身就流露着低调的时尚气息，中性味十足的黑色窄身小西服透着一丝女性的小性感，搭配一条褶皱轮廓的灯笼窄脚裤，以富有细节层次感的单品构造整体造型。

搭配Tips： 让这原本略感正式的一身衣服加进雅皮范儿只需一个步骤，那就是搭配一件个性T恤，优雅小情调不经意间自然流露出来。还可以在统一的色调上点缀一样亮色配件，比如吊坠或红色铆钉腰带等。

关键词： 雪纺裙

小西装内搭雪纺裙是很时兴的混搭方式，当然也是扮嫩的一个好方法。雪纺碎花让西装原本酷酷的感觉立即变得柔美，让你不经意间就出卖了自己蠢蠢欲动的少女之心。

关键词： 男友式长款西服+背心+牛仔裤

男友式长款西服是今年大热的元素，内搭懒汉式坦克背心，更加突出了假小子式的潇洒与帅气，还能有效遮盖住臀部扁平的缺陷。若内搭豹纹背心胸衣，性感中更会带有些许狂野与不经意。一条浅色破洞裤，随意卷起裤脚露出性感的裸足，就能让你散发出很强的女人味和潮流感。

搭配Tips： 上半身的帅气硬朗与下半身的妩媚精致，形成鲜明对比，打造出充满俏皮感的优雅造型，将女性的气质与时尚感完全体现出来，妩媚而动感。

搭配Tips： 高腰仔裤能勾勒完美腰臀曲线，打破西装固有的肥大轮廓，凸显女性气质，为你增添成熟感。

搭配Tips： 大龄女慎用，小心太花痴，当然如果你对你的脸蛋有信心那就不要再犹豫了！

关键词： 学院风+格纹裙

想重回学生时代，带有校徽式刺绣的小西装是最好的选择，当然要搭配格纹元素。格纹短裙，或者菱形格针织背心都是很不错的搭配，立马活脱一派英伦范儿，让你充分挖掘"制服诱惑"的魅力。

黑色短款小西装：
80元（北京天通尾货市场）

蓝色牛仔小西装：
75元（北京动物园聚龙服装批发市场）

黑色双排小西装：
100元（I.S.0专柜）

白色仿旧款小西装：
35元（北京天乐宫服装批发市场）

深灰色牛仔小西装：
10元（北京工人体育馆服装展销会）

小细节TIPS

　　能将一件西装穿得朝气蓬勃固然不错，若可以再显瘦几分，更是锦上添花！穿上你的西装外套站在镜子前仔细比较一下，当袖子被挽至七分程度时，是否看起来上身较为纤瘦？因为当手腕和小臂露出时，在视觉上会感觉手臂拉长，随之也调整了上身的整体比例，Cool中透出干练。

　　好莱坞的西装穿着风潮也是如此，优雅的女明星们在经典校园风的带动下，纷纷将西装袖子往外翻起，利落又青春。当然我们必须注意：你的西装材质必须是轻薄的纯棉质地，才能将袖子反折得好看不臃肿，过于正式的西装不在此行列范围内。还有一个妙招，利用内搭的衬衫，把衬衫袖反折在西装袖外面，效果也不错。

NO.9
人人都是长腿妹妹
——裤装

裤装购买TIPS：

购买裤子时要记得带平常最爱穿的那双鞋一起去试穿。

试穿时要活动一下，例如蹲、坐、跳等。

买回家以后可以找裁缝量身修改成适合你的臀形及腿形。

遇到合适的裤子可以一次买两条（同款不同色）。

选购白裤子时要选购中间有折线的款式，才会有修饰腿形的功效。

老实说，东方人很难找到穿起来"好看"的裤子，因为在身材比例上，东方人的腿不够长，屁股又不够翘，就算穿了喇叭裤也很难看到喇叭的裤型，因为裤管总是拖地。因此在买裤子的时候，绝对不能偷懒，一定要试穿，才能找出最适合自己的裤型，而且记得要带着平时最爱穿的那双鞋一起去试穿，这样才准确。若是遇到不能试穿的裤子，那么无论多便宜都不要买。

对OL来说，要找一条穿起来让双腿感觉修长、臀线又漂亮的裤子着实不容易，所以一旦找到如同为你度身定制的合适裤子，不妨狠下心来买两条（同款不同色），因为在茫茫"裤海"中要找到不用修改的裤型实在很难得，再加上基本款的裤型及颜色搭配性高，多买一条来"屯着"可备不时之需。千万不要临时有需要才去买，那"失败率"肯定会让你的信心大打折扣。

花色裤子要慎选，否则会有"放大"下半身的效果，直条纹裤子同样也有身材上的限制，除非你有一双又直又长的美腿，否则也会突显你令人害羞的下半身缺点。

推荐各位OL每人一定要有条黑色长裤，方便你一年四季搭配不同的上衣，营造不同的style，实用性超强，又可以在视觉上修饰下半身，很实穿。

萝卜裤

　　以萝卜裤为代表的20世纪80年代复古风潮如今又坐稳时尚交椅。看看维多利亚·贝克汉姆，把裤脚一而再再而三地卷起来，制造出窄脚萝卜的形状，这种穿法已成为各路好莱坞明星出镜率超高的街头服装，很容易借鉴。

适合人群

　　萝卜裤是臀部宽大女生的福音，它可以掩饰粗壮的大腿，却很容易显腿短，所以更适合高挑、腰细、腿长的人穿。

　　不够高挑的MM可以将裤脚卷边并露出纤细脚踝，踏上高跟鞋，瞬间拉升下半身视觉比例，一双及脚踝的漆皮短靴，让时髦与高贵融为一体。

Tips：

　　若你臀部太宽，就在外面加一件盖住臀线的外套，但是不要收腰，这样就不显腿短了。

　　搭配衬衫时最好将其放在裤子里面，看上去才干净利落。

　　注意一定选择高腰萝卜裤，并在高腰处系腰带，外套也要选干练的短打款式，否则看起来身材就不合比例，会显得矮胖。

　　将裤脚边反折，随着搭配的鞋子可以体现出不同气质：搭配露脚面的经典高跟船鞋时，较有女人味；搭配低帮帆布鞋，犹如小男生般的校园青春感呼之欲出。

Tips：

连身裤容易令人显得腰长腿短，所以你必须要用一双高跟鞋来拉长你的视觉身材比例。不过，如果你幸运地拥有长腿，并且选择的还是短裤的话，也可以选择平底凉鞋，来张扬活泼少女味。

选择一条宽大的皮质腰带，作为身体分割的黄金界限，柔软的连身裤和硬朗的皮革对撞出另类时尚，七分铅笔裤型令笔直双腿更加修长。

连体装的搭配不要过于花哨，只需叠加上一件硬朗的西装马甲，一串大项链，或者是一顶爵士味道十足的礼帽，总之，在细节中见搭配真章。

连身裤

别以为只有水电工才会穿着连身裤，如今时髦女郎们早就将连身裤穿上身，选对一款适合自己身形的连身裤，能在最大限度上帮你掩盖不完美曲线，并且将视觉线条变得更为高挑纤细。

方便的连体式设计在最大程度上缩短了你为上下装搭配而愁思苦想的时间，省去了烦冗的搭配过程，营造连体式的快节奏穿衣经。

适合人群

胸部、臀部较丰满的女性可能不太适合宽身连体裤，恐怕会让人误会你有喜了。

Tips:

直筒阔腿牛仔裤最易令人显矮，不想让别人误认为你是短腿一族，将裤脚挽到露出脚踝才是最IN的穿法。无论你选择的是阔腿款还是窄腿款，高跟鞋都是最佳武器。

不要以为阔腿裤能够将你臀部和大腿的赘肉藏起来，事实上，它反而会将它们显得更宽，倒不如选择弹性好的贴身牛仔裤，能将赘肉包裹，甚至还有提拉臀部的功效。当然，深色是必须的。

铅笔牛仔裤是每个潮女的必买裤品，朋克紧身潮也让尺码一再"缩水"，雪花纹瘦腿裤把潮人们逼上了悬崖，想要跟上这阵风，减肥瘦腿就是当务之急了。

牛仔裤

从牛仔裤诞生的第一天起，它的话题就从来没有间断过，而如今最流行的是充满"乞丐味"的裤款——"随意"翻起的裤脚、"残败"的毛边，甚至那些划痕和破洞也是有预谋的，流浪女的打扮又回来了，洗水、破烂、磨白、雪花纹，都是关键词。

适合人群

身材高挑的MM可选择短装上衣+Skinny破洞牛仔裤，裸露出性感的腹部。

身材平凡的MM可以选择宽松背心+有磨白效果的仔裤，卷起裤腿，露出性感的裸足。

搭配建议:

　　从男友衣橱里找一条 "Boyfriend Jeans" 已经是毋庸置疑的时尚动作，但直接拿过来套在身上未免太过于男性化，将男装牛仔裤穿出娇俏和时尚，诀窍就在于对裤脚的掌握。在阿汤嫂穿出阿汤哥的牛仔裤时，她看似随意地反折起裤脚边，露出脚踝。是裤子过长么？阿汤嫂的腿长绝对胜过阿汤哥。这样做的唯一目的是凸显自己的女性特点，通过纤细脚踝，人们可以想象到藏在宽大男装牛仔裤里的双腿是如何苗条。再搭配上一双高跟鞋，更在视觉上营造出腿部拉长的效果。

低裆裤

低裆收口裤能够很好地优化小腿曲线，在拉伸小腿比例的同时，松垮低裆的裤型能够包容臀部和大腿膝盖内侧多余的赘肉，臀部线条模糊，塑造出一种漫不经心的型格味道。

适合人群

低裆垮裤并不是人人都适合，所以选对长度是关键。

Tips:

低裆设计穿不好就会显矮，所以应当杜绝与传统运动鞋搭配。最不会出错的是浅口的简约款高跟鞋，能够将腿部线条拉长。如果小腿足够纤细，穿人字拖则能塑造随性不羁的气质。

不应该搭配太过女性化的上衣，简洁的T恤或工字背心都是最佳选择，也可以加上马甲或短款夹克营造层次感。为了不让臀部看上去过于宽松，可以尝试选择长款开衫来增加层次和掩盖后身。

除此之外，一件式的连身款低裆裤也是不可错过的大热选择，无论是背心款还是抹胸款，都同样出色。

NO.10
灰姑娘的水晶鞋
——高跟鞋

一支口红、一件连衣裙、一双高跟鞋，造就了一个女人。高跟鞋向来是俘虏女人芳心的杀手锏，在本书前面章节中已被反复提及，是绝对不可忽略的经典单品。

高跟鞋是拉伸腿部比例必备的法宝，它可以让体态变好，因为你会自然而然地抬头挺胸收小腹，让整个人仪态更漂亮，女人味十足。甚至能改变一个人的气场，让你马上自信起来。

虽然站在医学角度来看，高跟鞋穿太久会造成拇指外翻、脊椎不适，不过以美学的角度来说，高跟鞋却是爱美女人必备的"家私"，所以在这里跟大家分享一些穿高跟鞋的经验，让各位MM可以把伤害降到最低，把美丽与自信升到最高。

高跟鞋三部曲

高跟鞋初级班

假如你从来没有穿过高跟鞋，建议先从6厘米方根、露脚趾、系带的"凉鞋式高跟鞋"穿起，可以先把脚指头前方的压力减到最低，将重点放在习惯高度上面，由于穿上高跟鞋后身体自然会向前倾，这时候记得把重心拉回来放在脚跟，迈步时膝盖尽量打直，先以脚跟着地，但力道不要太大（否则走路声音咯嗒咯嗒太大声很不礼貌）并朝直线方向前进。只要把握以上这几个诀窍，保你轻轻松松踏出穿高跟鞋的第一步。

高跟鞋中级班

接下来可以朝楔形跟或船形跟的鞋款迈进，这类型的高跟鞋穿起来既不吃力又好走，试着穿去逛街或走较长的路程。

高跟鞋高级班

到了这个阶段相信穿高跟鞋走路对于你来说已经不是什么难事，是尝试细跟或10厘米高跟鞋的最好时机，基本的穿鞋原则都一样，不过要特别注意鞋跟的重心，走路时也要特别注意路面，以避免当众出糗。

TIPS:

市面上鞋子品牌各有特色，以最常见的中跟高跟鞋来说，推荐NINE WEST、TATA等品牌，价格适中、质感好，穿起来的弧度又舒服。鞋子本身就是消耗品，大牌的鞋子一双叫价好几千，有时候又贵又不好穿，所以综合所有考量，如果你想进军中等高度的高跟鞋领域，从中档品牌入手准没错。

终结高跟鞋梦魇的秘密武器

穿高跟鞋易滑倒怎么办?

【秘密武器一】
鞋底防滑垫

一般来说，如果鞋底是皮底或不防滑的材质，不妨请修鞋师傅加一块防滑垫在鞋底前端，让你可以安心地即使走在湿滑的路面或大理石地板上也不会滑倒，而且对你的爱鞋也多了一层保护。

小商品市场或网上都可以买到，2~5元就可以了。

每次穿新鞋都磨脚怎么办?

【秘密武器二】创可贴

穿新鞋子难免会有不合脚、磨破脚起水泡的情形发生，所以不管是预防水泡或已经起水泡了，都可以贴一个创可贴在鞋上，这样穿时就舒服多了。建议大家平时可以带几个创可贴在包包内，以备不时之需。

这种方式比起你买专门的防磨产品来得便宜许多，100贴的包装才不过5、6元钱，非常实用。

鞋越穿越大怎么办? 【秘密武器三】软皮后跟贴

很多MM都说高跟鞋穿到后来总是越穿越大，甚至走路的时候鞋脚分离，明明脚跟已经抬起，但鞋跟却还留在原地。如果在鞋子前端加上半垫，反而让鞋子越穿越大，越大越宽；不如在鞋子跟部贴上软皮后跟贴，就可以彻底解决这个问题。

软皮后跟贴价格1~5元不等，主要依材质决定。

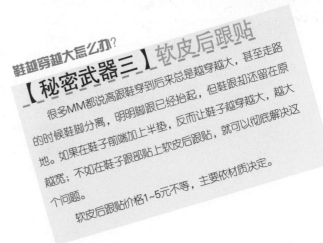

美腿变成"蜘蛛腿"怎么办?

【秘密武器四】静脉曲张袜

穿高跟鞋走路会增加腿部所承受的压力,为了避免过大的腿部压力造成"蜘蛛网"般的微血管浮现,建议大家可以穿着防止静脉曲张的丝袜来预防。如果你的工作需要长时间站立,那么更需要穿这种丝袜,腿部肿胀、酸痛的情况会改善很多。预防重于治疗,不要等到长出静脉曲张瘤再来烦恼。

建议刚开始可以先从100den(den:丝袜紧实度系数)训练自己,它的好处除了可以防止静脉曲张之外,也兼具塑腿形、使小腿肚平坦及提臀的效果,选购时要特别留意款式,透气度高的款式穿起来比较舒服。

网上售卖的静脉曲张袜价格从几元到上千元不等,几元钱的肯定都是借个名号的假冒货,不过是普通丝袜罢了,上千元的也没什么必要,买100元左右的基本就可以了,经济实惠又耐穿。

腿部肤色不均匀怎么办?

【秘密武器五】隐形丝袜

平常如果不想穿丝袜,可以试试隐形丝袜、空气丝袜。外形像摩丝的一罐液体,只需均匀地喷洒在腿部,之后再用双手推匀,双腿看起来就会粉粉嫩嫩的,同时还可以遮掉腿上的疤痕,看上去就像天生自然的好肤质,最适合搭配迷你裙,效果超佳。穿细肩带的服装时,也可以用在肩膀、手臂及背部,均匀肤色的效果一样好。

每罐50~80元不等。

NO.11
复古潮人足下生辉
——运动鞋

曾经听说过一所学校里关于复古鞋的一段爱情传奇——穿着白色别注DUNK LOW PRO SB "外星人" NIKE鞋的男生和脚踏黑色 "外星人" 的女生，因为共同的罕见限量款波鞋而悄悄注意对方，进而相识相知相恋……

登对的 "情侣波鞋" 竟然冥冥中成就了一对本可能擦肩而过的璧人，看来这 "足下红娘" 的功力的确不容小觑！

没错，在崇尚港范儿、日范儿搭配的潮人MM中，鞋子可是服饰搭配的重要环节之一！不可或缺的复古波鞋则更是必备单品！

对时尚小女生来说，最最重要的是：波鞋非常方便和男孩子们脚下的球鞋搭配成情侣款式（特别是那些酷爱运动的帅酷型男），就像本文开篇提到的浪漫爱情邂逅，你一定也想拥有吧！嘿嘿，那就来看看我们关于 "复古运动波鞋" 搭配情侣款式的成功个案吧！

案例一

某酷爱篮球的小帅哥最爱的是一双2K5，白+金的配色十分经典。身为这样一双型鞋主人的女友又怎能仅作冷眼旁观，赶快寻得一双与其搭配的波鞋才是正道！

2K5是篮球款式，并不适合女孩子，不如从专柜并不昂贵的复古款式中下手。

即使没有白+金配色的合适女鞋，也不用着急，还有一个绝密武器杀手锏，那就是——NIKE童鞋！

童鞋？那不是小BABY们的专属吗？错！NIKE、adidas的童鞋最大都可以到38码左右，正好基本囊括了女生的鞋码！童鞋不但有成人款的同款缩小版，更有不少成人款没有的款式！而且，价钱还比成人款便宜不少呢！

看看刚才那位女生挑到的这双DUNK吧——白+金的配色与BF的那双简直是绝配！占主体的金色还是头号流行色，配上一件金色小上衣，再加上金色的腰带、配饰，很多欧美、香港的大牌潮星都是这么搭的哦！

哦，差点忘了说它的价钱，才460大元，但它超炫的配色让学校里不少型人都以为是花上千元从海外淘来的货呢！

案例二

　　每年NIKE都会推出生肖版本的鞋款AF1，例如三年前的那双"獒"你一定还记忆犹新吧，西藏风格独有的撞色设计很是抢眼，让不少小帅哥心甘情愿地掏了腰包，特别是当年本命年的男生几乎人脚一双。

　　但今不少MM大失所望的是，NIKE这些独特的生肖版本只推出了男款，MM们只能望鞋兴叹了……特别是碰上男友刚好过本命年的，就更为找双情侣鞋急得团团转。

　　不过别忘了，我们还有童鞋柜台呢！NIKE童鞋每年也会推出生肖版DUNK，刚好可以与男款AF1配成一对！

　　瞧瞧这个与那双"獒"配对的可爱的小DUNK吧，虽然配色比较低调，但纯白色鞋面正好与艳丽的"獒"构成反差美；鞋帮外侧的小狗图案，还有鞋垫上金色的中文"狗狗"字样，也跟AF1上的两个"獒"字遥相呼应，可爱感一百分！无论从清新的颜色，还是从CUTE的设计而言，都再适合女孩子不过了！价钱也只有500块不到哦。最重要的是，在男朋友AF1面前，这双DUNK LOW显得那样娇小依人，就让你的忠心耿耿的"大藏獒"好好守护着他的"小狗狗"吧！

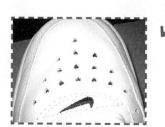

案例三

　　每年在情人节这个最浪漫的日子，NIKE都会玩起柔情，推出一两款情人节款的复古鞋，而且通常都只有女款，可谓诸位BOY们送情人礼的首选啊！

　　每年的款式各不相同，或是心形刺绣、或有心形镂空，更有甚者还有印满心型的鞋垫，这些"身份的表现"让崇尚浪漫的美女们趋之若鹜，也为男生们提供了表达心意的好机会。

　　价格通常在600元左右，对想要"借鞋传情"的男孩子而言，当然是不二选择啦；红与白的基本配色，也很容易从篮球鞋中找出相称的情侣款式，怀春少男们，别忘了一定要去抢一双啊！

复古款波鞋TIPS：

1.除了NIKE以外，adidas、rebook、New Balance、Converse、puma等品牌也都有经典的复古款式波鞋，其中adidas和New Balance还都有童鞋柜台，别忘了也要去淘淘哦。

2.不要买仿货，DUNK和AF1的价格都不贵，童款更是只卖400元左右，与仿货的价钱相差无几，但舒适度则是假货无法相比的，而且内行人一眼就可以看出你脚上的真伪，不要闹笑话哦！

3.鞋要注意保养与清洁，特别是比较昂贵的NIKE SB系列，虽然名为"复古鞋"，但千万不要真的穿得像从古墓里挖出来的一样啊！

我能想到最浪漫的事，就是和你一起穿着MATCH的鞋鞋，一起接受路人羡慕的眼光！

NO.12
一个也不能少
——配件

披肩

入选理由： 品位的象征，优雅的诠释。

　　三分温暖，却拥有十分风度，披肩是秋冬季节最具韵味的服饰。一袭披肩上身，缠绵妩媚，浪漫优雅，尽显端庄贤淑的怀日气质。如果你觉得一身装束太平庸，那么一条颜色鲜亮的披肩无疑是你最好的选择，只需随意搭在肩头，就足以展现你的时尚魅力。披肩演变自英伦披风，既有披肩的优雅又具披风的帅气，只要你有足够的创造力和灵气，就能穿出自我的个性。棉质披肩给人舒适自然的感觉，加入纤细的流苏，更加完美地表达出现代女性的优雅风情。

搭配指南

　　春秋早晚温差大，披肩比厚重的毛衣、外套来得轻巧，冬天又可以当做围巾，平时不用就收纳在包包里，而夏天进出空调房也可以保护肩头不受寒，一年四季随时都能派上用场，你也可以在办公室或车里放上一件，以备不时之需。

　　如果你喜欢随意自然范儿，可以自己动手DIY，将披肩围成斗篷形状。特别是嬉皮风格的流苏披肩，简单地将其围绕在身上，进化成斗篷，变身为波波风的最佳装饰，浪漫而优雅。

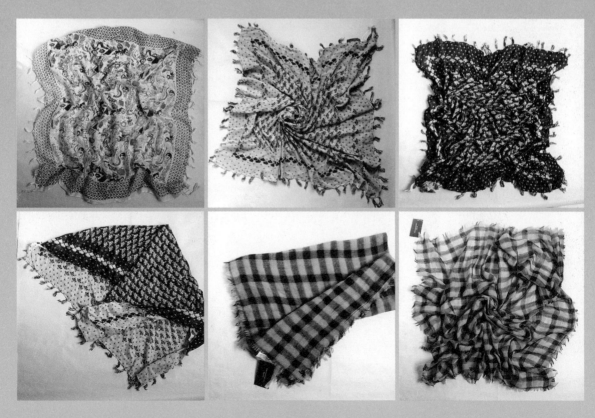

装饰围巾

几选理由：增加服装层次感、塑造叠穿立体感的点睛装饰。

秋冬季节的围巾，其保暖功效已然降到最低，其时尚装饰效果和搭配作用逐渐成为首要。

一条围巾如果变化一下色彩和搭配方式，就能呈现出多种不同的风格，能让俏皮小妞瞬间变优雅，也能让个性美女立刻文静起来，不但可保暖，还可作为饰物为服装添彩，更可使人的整体视觉效果上提，是冬季必备搭配法宝。

搭配指南：

围巾属百搭款，但流苏较多较长的围巾更适合高个子女生，反之适合娇小女生。围裹的时候注意流苏所在的位置，个矮的女生流苏的位置不要偏低，否则显得更矮。

如果你是身形纤细的女生，可以用柔软轻薄的流苏围巾将上衣包裹来制造立体感；若是偏胖身材，在围裹的时候要注意留有空隙，让人看上去比较舒缓。

帽子

在造型中，帽子反客为主，逐渐成为时尚男女头号流行配件。

既保暖又可轻松改变形象，还省去了打理发型的繁杂，帽子本来就已功用无限！况且，时尚并不只是因为需要而存在的，即使不是生活的必需，也不能阻止帽子成为一种纯粹的时尚配件。它不但可以解决你头发蓬乱的问题，更是画龙点睛的搭配单品。

毛线护耳帽

入选理由： 打造冬日浪漫形象，温暖感的粉色系绝对提升甜美度。

搭配指南：

  护耳帽造型夸张，两边的护耳在视觉上拉长了脸部轮廓，适合圆脸的女孩。护耳末梢的流苏设计独特，和帽子上的绒球装饰相得益彰。其实不需要花哨的色彩，同样能把自己装扮得俏丽可爱。

小礼帽

入选理由： 视觉上微耸的帽顶能让你看起来个子更高挑。

搭配指南：

  男性气质的小礼帽再度复苏，马甲、背带裤、格子围巾、皮手套都是小礼帽的好搭档。戴小礼帽不宜与烦琐的饰物搭配，一条简单的细格围巾足矣。将围巾倒围在胸前，轻而易举地就可以为造型增添个性与帅气。背带裤带出调皮气质，与小礼帽上下呼应。有型有格又潇洒帅气，是要范儿时必不可少的搭配单品。编织的质地还很适合在炎热的夏天佩戴。

包包

　　无论It Bag的概念是否续存，有范儿又实用的包款永远会有拥护者。

OL实用包款挑选准则

　　OL包包姑且不论品牌、颜色或款式，只要把握以下三项原则就可以找到实用又好背的上班族包款！

1.轻巧——女生的杂物实在太多了，所以包包本身材质一定要够轻巧，如果包包又重东西又多肯定会累死人。

2.A4文件夹大小——包包至少要能放进A4 SIZE的文件夹才算实用包。

3.单肩侧背最好背——侧背包在赶公车或坐地铁时都很方便，空出的双手还可以做别的事情，至于只能手提却不能背的包包，只好留到出去玩时再用吧！

搭配指南

如果你的单肩包包有长背带，你是否总习惯将它斜背？那么你一定会发觉不少小问题：如果你胸部丰满，长背带会卡在胸部中间，勒出尴尬的曲线；而若你的臀部较宽，包身恰好在胯骨位置，看起来下半身就大了一倍；此外斜背包通常会带给人孩童感，要是你身材高大，视觉上看起来就会很别扭……

那么该如何背出长背带包包的时尚感呢？看看欧美明星们是怎么做的吧：她们几乎都是直接将包搭在肩膀上潇洒前行！这样背的好处在于从侧面拉长了身段，而且包的长度在胯骨以下，能有效平衡上下身比例。如果担心这样背包容易滑落，可以挑选背带部分是皮革与金属交织的，增加摩擦力，就可以稳固地搭在肩膀上了。

珍珠耳环

姑且不论你的喜好或潮流所趋，想要打造上班族优雅气质，每位OL都应该有一副珍珠耳环，千万别小看这两颗小珍珠，用它来搭配服装，有画龙点睛的效果。

彩袜

如果你的衣橱里只有黑色和肉色的丝袜，那实在是太过于保守了。彩袜从2008年走红至今，已被不少时尚人士所垂青，用它来搭配裙装、裤装，不但吸引眼球，体现时尚韵味，更是不完美腿形的救星。如果你觉得自己的腿不够直、不够细的话，彩袜是很好的弥补功臣。

搭配指南

紫色的袜子与黑衣搭配，高雅而时髦，一年四季都很适用。

红色的袜子十分显眼，搭配黑色的大衣，形成视觉中心，带来朋克硬朗风格。

咖啡色的袜子，稳重又不失流行感，搭配淑女气质的连衣裙或小短裤都能体现韵味。

绿色和蓝色的丝袜，性感撩人又引人注目，还具备视觉上的清凉感。

白色丝袜适合双腿纤细的女生，效果不同凡响。

PART FIVE

品牌淘宝课

带点日本原宿味的清新休闲风和甜蜜女孩风是潮女着装的中流砥柱，色彩清爽、穿着随意的服饰，正被一众时尚女孩青睐着。

你也是这类风格服饰的簇拥者吗？那么它的中坚力量——香港品牌2%的火暴你就一定不会觉得奇怪喽！

2%这个品牌来自香港DizenLTD公司，"纠集"了日本以及香港与台湾地区等的设计精英，创造出2%专属的东瀛风格，成为亚洲地区女装至潮品位的流行指针。2%的商品相当多元化，从女装、男装、配饰，到玩具、家居用品，集多种生活元素于一身。它的旗下涵盖了多个总体精神一致又略有风格区别的品牌——

NO.1　可爱甜美的2%

NO.2　走中性路线的th:

NO.3　以搞怪小狗公仔icon为主打的ODF

NO.4　多点女人味的＋－×÷

NO.5　由香港当红新星吴日言代言并亲力参与创意的512%服饰

NO.6　还有专门售卖有生活态度的2% stuff家居用品，让漂亮女生们在打扮自己之余，还能营造出一个可玩味的家，增添生活品位及情趣。

2%的设计渗入了东洋至潮至前卫的年轻风格，糅合东瀛潮流元素及欧洲简约风格，还用上了每季最时尚的色彩，令你犹如一个置身于东京街头的年轻潮人。

第一节

2%
——香港青春代言人

【贴心TIPS】

WHO（最衬谁？）　　2%服饰的定位人群在20岁左右，大学生是顾客的中坚力量。

HOW MUCH（几多银？）　　2%的价格也很讨学生族欢心，小背心大约是100元出头，开衫夹克则是200多元的样子，裙、裤都在300元上下。而所有货品还常有5~8折的折扣。公道的价格，让MM们大可随心所欲地搭配出自己的心水装束。

WHERE（哪里找？）　　北京银座商厦，上海来福士商场、港汇大厦1楼，重庆万友百盛广场、万友百货购物广场等。外贸批发市场也能找到超值版本。

+ − × ÷

悠闲自在，享受生活，是 + − × ÷ 的主旋律。

在强烈的复古风潮下， + − × ÷ 仿佛带女孩子们畅游一个充满梦幻与缤纷色彩的怀旧乐园，各色印花布的mix & match，营造出随意的舒适风。颜色组合有如掉落在了调色板里：蓝配黄、红撞绿，再加上碎花图案搭配小蝴蝶的点缀，犹如一个绚丽的花圃，带你游走充满情怀的梦乐园，感受一派自然气息。

th

th：着重粗线条洗水效果，讲究舒适自然的写意风格和校园情怀，加上独特的搭配方式，绝对令类似春春、笔笔的中性美女们眼前一亮。

ODF

ODF的颜色都是清爽不甜腻的淡色，还总伴随着一只喜欢搞怪的可爱小狗，这个调皮小家伙的最大特色就是手上常有一堆便便——哈，这个绝招肯定让你过目不忘吧！

总而言之，2%力图把各种风格的美女都收编为自家的消费生力军，真可谓用心良苦啊！

官方网站 http://www.2percenthk.com

第二节
BAPE
——日本潮流风向标

　　提到日本的服装设计师，咱们多半会想到三宅一生或者山本耀司，不过，那已经是过去时了，现在引领整个日本潮流走向的，是一位年仅34岁的设计师Nigo（长尾智明）和他创办的A Bathing Ape（昵称BAPE）的王国！

　　这个"猩猩头"就是BAPE的LOGO，在现今的潮人眼中，它可是火得一塌糊涂，任何带有这只猩猩图案的产品都会被众人竞相追捧。虽然BAPE的产品价格令人咋舌（简单的T恤8000日元起步，一件迷彩外套更是卖到70000日元以上），但仍让全球年轻人趋之若鹜，甚至在发售当日形成数百买家熬夜排队的盛况，人们对BAPE的疯狂程度可见一斑啊。

　　年纪轻轻的Nigo，已名列《时代》杂志"亚洲英雄20人"榜单，事业版图横跨欧美，众多国际大品牌抢着跟他合作。但你绝对想不到：BAPE这个品牌不过是个在1993年才刚刚出道的"小朋友"！

　　十余年间，BAPE先后与百事可乐、Adidas、微软、MAC、Casio、Pepci、LV等世界名牌跨界合作，推出特别版限量产品，不仅成功提升了自己的品牌形象，更让"排队买BAPE"成为时尚圈的热炒话题。就连Jay-Z、Cassidy、Pharrell、木村拓哉、张柏芝这些娱乐圈中

【贴心TIPS】

WHO（最衬谁?）　　超级有钱又超爱扮酷的型男索女。

WHERE（哪里找?）　　除日本外，全球只有伦敦、纽约、台湾地区和香港地区有正牌专卖店。北京的华威大厦和西单77街购物中心的Super Pretty店据说有从港日新鲜速递的单品。

　　不过，在这个"假BAPE遍地"的时代，穿真品也许反被误认为是假货，没啥银子的GG、MM不如干脆从仿版中淘淘精品，北京动物园服装市场和广州的街头小店都是常见A仿货的地点。

HOW MUCH（几多银?）　　鞋子普通版2000~3000元左右；T恤普通版700元~2000元之间，限量版则在1000~4000多元之间；普通

的大腕，也都是BAPE的忠实追随者。

　　与其说Nigo是一位设计师，不如说他是一个商业天才，BAPE总是以"稀有物种"的姿态示众，产品销量与销售渠道受到高度控制。BAPE的低调也是无与伦比的精明，它的旗舰店都没有显眼的招牌，故意营造出一种令人着迷的神秘感。事实证明，限量、神秘、跨界、娱乐的联手烘托，成功打造了BAPE天王级的成就。而Nigo也晋身为世界时装界的神话级人物！

　　BAPE旗下产品超级丰富，从男女装到鞋帽、公仔、家具，甚至iPod提包一应俱全，还先后在日本的京都、大阪、名古屋、青森及香港等地开设了咖啡店、玩具店、发廊、画廊，甚至参与电视节目制作，听说Nigo目前还在打造一家"猩"旅舍。真是想不赚钱都难啊！

　　靠着猩猩图案，BAPE的版图从东京拓展到香港地区、伦敦、纽约以及意大利，被誉为"嘻哈服饰界的香奈儿"。BAPE的成功充分印证了街头文化的强大力量，告诉我们街头风尚反攻时尚主流市场已成为不容否认的流行趋势。

　　作为西方品牌称霸的顶尖时尚圈中少有的东方脸孔，Nigo带领他的BAPE无疑玩出了些新意思！

卫衣3000元以上；外套3000元～10000多元都有，而限量版件都要5000元甚至数万元；帽子都在700元以上；连手机绳也要几百块一条。真是贵到令人目瞪口呆啊！

　　不过，仿版货就"平易近人"多了，T恤最低十几二十元就能搞定，外套也不过一百多元左右。如果你仅仅是想穿个一季穿个流行，买一件倒也无妨，但切记不要买"臭遍街"的图案，否则非但不潮反而还落了俗套哦！

官方网站：http://www.bape.com/

131

第三节

Super Lovers
SUPER LOVERS.
——少女品牌成长记

美女诞生

    1988年，一个充满童趣的少女品牌在一群日本年轻设计师的共同孕育下诞生了，他们给她取了个可爱的名字Super Lovers，她有个美丽的家叫Love City。

周岁成名

    1989年，设计师Yasuharu Tanaka以Super Lovers的LOGO作为伦敦WAG CLUB设计大会的商标而大受欢迎，刚满周岁的Super Lovers成了小童星。

垂髫岁月

    上世纪90年代起，Super Lovers日益明确了"爱"的基本主题，以80's UK Club Fashion为风格原点，以60's嬉皮文化塑造属于Super Lovers的街头流行风。

豆蔻年华

    1997年，日本少女偶像被原友惠带动Super Lovers成为日后风行多年"幼齿风"的流行指标。

    1998年，十周岁的小美女有了更可爱的小妹妹——Super Lovers的人气偶像卡通熊猫Ken和Merry分立为卡哇依少女品牌——Lovers House。周边产品更扩充到手表、生活用品等更广泛的领域。

同年，小美女又添置了以Lover's Rock为主题的骷髅系列服饰，搭配50年代蓬蓬裙、蕾丝边，还诚邀"怪怪美少女"吴佩慈做代言人，树立个性女生风向标。

1999年，个性小美女首倡Old School Punk新潮流，并以"自由自在童年心情"为主题，开发一连串的趣味商品，如防湿、防震、防无聊的罐头T恤等。

千禧新姿

走进21世纪，Lover's Rock已是Super Lovers的最爱，骷髅系列依然引领风骚，金属摇滚浪潮中添加粉嫩元素，青春色彩里巧妙搭配出ROCK风格。

2000年小美女高喊"我想以这样风格的打扮去学校！"的口号，以充满学生时代回忆的菱格图案、V领毛衣带动校园风回流。

2002年，成长的美少女开始关注世界范畴的暴力问题，以Non Violence为主题，穿出反战嬉皮风，E世代新少女的健康、自由在她身上充分体现。

及笄之年

2003年，已15岁的青春少女Super Lovers将过去经典新浪漫主义元素加以80's伦敦街头感，融入50's复古流行印象，呈现出比以往更有魅力的华丽性感又可爱的新风格。并开掘人气爆棚的"华丽新朋克风"，还发行了15周年纪念T恤。

而Lovers House则在"新学园风格"中加入Old School元素，激发出运动休闲系列产品，摇身一变为街头运动Girl。

韶光荏苒

2004年，英伦学院风当道，Super Lovers推出一系列学生LOOK单品：衬衫、格纹裙、学生袜、领带、手提书包样样俱全，不仅散发着学生妹的清新气息，还可搭配出英式摇滚范儿，在一片混搭声浪中，杀出自我天地。

2005年，以摇滚、涂鸦、古着为主题，骷髅、乐器、动物纹为设计元素，翻玩Sex Pistols等经典乐队的招牌LOGO，用逗趣的手法加以改造，轻轻松松做了个可爱摇滚女孩儿。

青春勃发

2009年，Super Lovers已经22岁了！亭亭女子初长成，已是拥有Super Lovers、Lovers House、Lovers Kids三大支线的国际名品，俨然一位Super Star！

二十一圈年轮，印记着这个个性少女品牌不断充实自己、创新自己的努力与进取，也昭示着她长大成人后必将带领更多追求个性、标榜青春的潮女型妹展示属于自己的魅力与个性！

官方网站 http://www.superlovers.co.jp

时至今日，你的娃娃收藏还只局限于Barbie吗？你心中的美女标准仍旧是"九头身"的传统定义吗？让现在红遍全球的Blythe娃娃颠覆你头脑中固守的旧日准则吧！

Blythe不是传统意义上的美女，甚至不是常人眼中的美女，她没有黛黛峨眉，没有曼妙身段，只有一个异乎常理的大头和一双大到惊人的眼睛。

但她仍然可以跟芭比争宠（甚至愈发呈现胜者姿态），仍然可以以上千元的高价被人爆炒（甚至行情一路看涨），仍然可以赢得诸多大牌为她度身定制新装（甚至比大明星还要得宠）。这一切原因何在？

因为她可爱、娇小、个性、时尚！她是新新人类版的barbie！你并不是一定要喜欢她，但要承认她的特别，你甚至可以不认同她的特别，因为Blythe追求的就是自我主张！

如果你拥有一个Blythe，你会马上忙碌起来，帮她起名字、为她置新衣、给她拍成长日记，甚至带她一起去郊游，更严重的是，你会想要第二、第三、第N个Blythe来陪她（也陪你）。

如果你仍没有Blythe，如果你还不了解她，那么，看看她的小小介绍吧：

Blythe小档案：

英文名：Blythe

中文昵称：小布

性别：女生

身高：30厘米

特征：头大、身小、眼大、无眉

籍贯：美国

Blythe小历史

出生： 永远一副娃娃脸的小布其实已经34岁"高龄"了！早在1972年，她就诞生于美国一家名为"kenner"的玩具公司，但是，当时的小朋友都被这个看起来有点恐怖的小家伙吓坏了——硕大的头颅、毫无身材可言、眼睛还诡异地变换颜色（只需一拉头后的拉环，眼球就会以蓝、橘、绿与粉的顺序转换，眼神还会看不同的方向，大半夜的确有点怕人），跟拥有天使面孔与魔鬼身材的芭比娃娃比起来，这太过前卫的"鬼娃"一时间真叫人无法接受。短短一年，Blythe就被迫停产了。

重生： 到了上世纪90年代，审美标准开始重组，恰巧贵人又从天降，小布终于咸鱼翻生！美国时装摄影师Gina Garan因为听朋友说自己长得像小布（看来她长得比够……呵呵），于是买回一个，从此一发不可收拾、势不可挡地买了200多个小布回家。她带小布们游遍世界各地，拍下无数靓照。2000年，Gina举办了小布摄影展，还出版了名为《This is Blythe》的小布写真集。

成名： 原本无人问津的小布借写真集问世之机人气翻升，在Gina的镜头下，小布时而清纯可人、时而魅力四射，大秀她与众不同的独特气质，人们在惊艳之余，开始疯狂地寻找收集，小布不仅起死回生，而且成为价格不菲、升值极快且全球为之痴狂的当红"炸子鸡"。丑小鸭终于变身为白天鹅！

辉煌： 人气狂飙的小布被众多世界顶尖名牌青睐，她参加慈善拍卖、代言产品拍广告，Dior、Gucci、Prada、Vivienne Westwood也都纷纷为她制作"Blythe版定制服装"。小布不但成为时尚潮流的风向标，还凭借她特立独行的形象，缔造了全新的美女标准。

收藏： 别以为小布只是小孩子的玩具，若没有一定的经济能力，你恐怕还真玩不起。身为迅速走红的超级名模，小布的身价自然也水涨船高，普通版价钱介于600元到900元之间，而限量版则高达一两千元。全球各地都有小布忠实支持者，其中不乏Marilyn Manson、Madonna、Christina Ricci等大明星。布迷们除了给心爱的宝贝布们购置各种品牌衣服、首饰、家具、宠物，还亲手设计、缝制各种衣裙鞋帽。在小布的收藏界中，没有年龄与性别的局限，只有爱与更爱的差别。

第四节
潮女新宠
——Blythe娃娃

Blythe小系列：

1. BL系列：早期系列，现已停产，共出过9款。收藏者的终极追求目标。

2. EBL系列：广受欢迎的系列，很少生产，共17款。

3. SBL系列：目前主要出产的系列，共20款。最容易买到，适合初级布迷。

4. 复刻KB系列：再版KB的款式，目前仅有1款。

5. 特别版系列：需要抽签才能买到的款式。价格昂贵，但物有所值。

现在，你仍可以坚信Barbie代表了经典，但你不得不承认，Blythe更代表了时尚！

小布已经不仅是个娃娃，她更是我们的同伴，甚至她就是你自己！

官方网站 www.blythedoll.com

玩娃娃并不是女生的专利，男孩子们也可以为变形金刚、圣斗士、高达等模型痴狂，不过，那些都是国外的老一辈人物了，如今，我们的原创模型人偶才是大热！

对你来说，figure（即搪胶公仔、模型人偶）是小孩玩具？潮流玩物？还是收藏佳品？对某群人而言，figure的意义远超于此——它是理想生活的展现，甚至是人性的反映。用人偶去感动你，正是这群人的梦想。

铁人诞生记

香港有三个做广告设计的年轻人William、Kenny和Winson，他们感到做广告只能执行老板的意念，却没有空间去表达自己的思想，而三人又都是玩具发烧友，所以便决定用人偶表达理想。于是，在2000年，一个名为"Brothersworker"的人偶系列诞生了，一套八个人物有不同姓名、性格。他们参加美国的设计比赛闯出了名气，这些人偶也有了自己的品牌——"Brothersfree"（铁人兄弟），既代表了他们的努力（设计和制作工作经常通宵达旦，没有铁一般的意志，不可能长期坚持），更说出了他们的创作精神（自由）。

铁人发展记

成名系列"Brothersworker"以建筑工人为形象，每个娃娃都有独特性格及背景身世，这种剑走偏锋的创意，不仅使他们在一堆机器人、兵人、动物玩偶中独树一帜、脱颖而出，也令这些小家伙们更有内涵与分量。之后，铁人兄弟又陆续设计出了Brothersjoker、Brothersrobber、Brothersanger、Ah Gum & Ah Aun、Minibrothers和Minijoker等多个系列来展现三兄弟无限的创意。

铁人兄弟在几年间树立起一面本土玩具设计大旗，还把名声传播到设计实力雄厚的日、美、欧，成为了国际性的玩具品牌。众多厂商都看上了铁人兄弟的才华，大牌纷纷与之合作：Levi's、Heineken、Lipton、Nikon、Nokia等，足以宣告铁人兄弟跨媒体创作的多元化，趟出了自己的路子。

铁人探源记

铁人系列作品虽然价格不菲（限量版高达数千元一个），但因其一向以制作精良著称，所以fans仍旧乐意大掏腰包。为提高真实感，人型尺寸按真人比例1：6缩小，配件各个是真材实料（真的铁、真的布、真的木头），衣料的质地按比例减薄，牛仔裤洗磨出残旧感，甚至把建筑工具图像扫描进电脑，再依草图制作，每一个细节都花尽心血，精巧细致成为其引以为傲的特色。

第五节 型男必识
——铁人兄

...对音乐狂热。Nokia挑选他做了音乐手

铁人形象记

MONKEY： 小帅哥，花心情种，出身于富贵之家，有点傲慢，但他喜欢结交草根阶层的平民，

机代言人，他身上那种捍卫自我意识的主张，与爱玩音乐的年轻人的理念不谋而合。

BABY： 早期形象中唯一的女生，性格开朗，敢爱敢恨，为了证明自己的能力而成为工人，得到了众工友的爱慕。

POPEYE： 有大力水手之称，BABY的追求者之一，把单相思化为胸口上精美的刺青，可见玩偶也有情有义哦。

SEVEN： 喜爱极简生活，也因此被重视原创性的牛仔王牌Levi's选来做代言，两个达人品牌将不同的流行领域完美结合，让玩偶也

迈入了潮流殿堂。

MONEY： MONKEY的妹妹，战地记者，9·11事件后的特别主题"你是我的英雄"中的新形象之一，她手中的相机完全按照真实比

例制作，摄影背心的每个口袋和拉链都可以打开，精致程度令人啧啧称奇。

Brothersjoker： 外表都是逗人发笑的小丑，但每个角色背后却有深层内涵，BJ Captain代表反战，BJ Fever对抗SARS。

Brothersrobber： 精致的小偷，仅附件就足有16种，2400张迷你钞票每张都是双面印制，整体来说已经不能算是玩具，而是艺术精品

了。

铁人精神记

　　铁人三兄弟说过："玩具外表看上去是玩物，但我们希望别人用艺术欣赏的眼光去看我们的作品。"他们那种严谨、认真的创作态

度，也正是时下年轻人所追求的品质。

　　小小公仔架构出深刻的故事背景，凝铸出铁一般的感情，创造出屹立不倒的硬底子潮流指标。用最铁的创作，给你最真的感动！

官方网站 www.brothersfree.com

血腥美学——暴力熊

熊熊以可爱著称，但是熊世界中也有暴力分子，就是在国内日渐红火的暴力熊！它又名血粉熊（因为它全身粉红色又嗜血），英文名字叫Gloomy（阴郁的意思，还挺贴切的），它最喜欢的事情就是把小主人抓起来狂摔或者暴咬。暴力熊反映着人天性里天使与魔鬼共存的一面——圆通通的脸庞亲切可爱，有着令人爱怜的可爱满鲜血的双手及嘴角却又隐藏着邪恶的性格。

辨熊TIPS：

因为暴力熊人气猛升，所以常有人将其他熊熊形象也误称为暴力熊，请记住：脑袋呈横向椭圆形、嘴角有血、利爪尖尖的才是暴力熊。

官方网站：http://www.gloomybear.net

第六节
"熊" 霸天下
——关于熊的品牌

憨态可掬的小熊形象一直是卡通界的宠儿，泰迪熊、维尼熊、趴趴熊、NICI熊……无一不是童年的挚爱伙伴。

近年来，熊熊形象更是冲出孩童范畴，大举进攻时尚领域！特别是以下几个熊品牌，登堂入室成为潮人新宠，不少帅哥靓妹为它们大掏腰包以求收藏满柜。

但是，经常有人买了这些时髦品牌却不了解其出生源流，甚至搞错名称、以讹传讹，所以今天在这里帮大家集体纠正一下，同时也教给大家区分真假小熊的小方法。

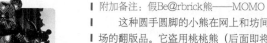

┌───┐
│ **附加备注：假Be@rbrick熊——MOMO**
│ 这种圆手圆脚的小熊在网上和坊间被叫做MOMO熊，是国内商人制作的适合低价位市场的翻版品。它盗用桃桃熊（后面即将登场介绍）的形状、Be@rbrick熊和Qee熊（稍后也会有介绍）的图案设计，将三者合而为一变出了所谓的MOMO熊形象。十足的假货！
└───┘

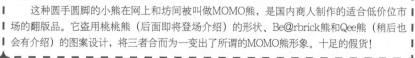

辨熊TIPS：

Be@rbrick的手脚是像积木人一样的，这也是有原因的。Kubrick这个词最早是乐高LEGO公司开发积木小人时用的名词，Medicom公司推出的Be@rbrick是建立在其基础之上。而很多粗略仿版图省事把熊熊的手脚做成了圆柱形，成了最大的纰漏。
官方网站：http://www.bearbrick.com

**MOMO &
SOUND SYSTEM**

© Sony Communication Network Corporation / Teller by Postpet-Ponpe

收藏新宠——Be@rbrick

Be@rbrick是由著名的玩具公司Medicom Toy所出品的十分庞大的熊家族！每一代都有的基本款及几只限量版，都令熊迷们趋之若鹜纷纷大花银两遍寻，不仅大大增加了收集的乐趣，也使Be@rbrick成为兼具流行性及收藏保值价值的超级明星玩偶。

辨熊TIPS：

MOMO的毛绒玩具最大的特点是用纽扣做眼睛，有些四肢也使用纽扣钉起来，并且可以活动。

官方网站：http://www.postpet.com.tw/

粉红小旋风——电邮熊桃桃

虽然，市面上的仿版塑胶小熊都可叫MOMO熊，但是，真正的"MOMO熊"其实是Sony公司的一个品牌，全称"电邮熊桃桃"。

电邮熊MOMO熊是Sony公司推出的电邮宠物（PostPet）之一。桃桃（日文读音MOMO）穿着桃红色外衣，一对圆滚滚的眼睛，闪闪动人的眼睫毛，有着容易让人感觉幸福的好个性，已从日本一路红到全亚洲乃至全世界。

国产人气王——Qee熊

再接下来，是很多人常常与Be@rbrick搞混的Qee熊（长得确实非常像）。

香港设计师、玩具界数一数二的大厂Toy2r出品的Qee，旗下有多种形象，其中当数Qee熊最具盛名。Qee是真正的设计师玩具，图案都是由世界各地知名的设计师所设计，算是所有熊熊产品中最著名的国产品牌，希望得到更多国人的了解与喜爱。

辨熊TIPS：

Qee熊耳朵一大一小（这也是与Be@rbrick熊区分的最显著标志），身体略向前弯曲（Be@rbrick则是站得直直的）。

Qee熊也经常被假MOMO熊盗用，无论是正版的Qee还是正版的Be@rbrick熊，售价相对盗版而言都是比较昂贵的（有的高达数千元）；而假MOMO熊却便宜得很（低至三五元），所以从价钱上就能基本看出真假了。

由于一些购物网站很不负责任地把"暴力MOMO熊"几个字眼放在一起，而里面又云集了暴力熊、Be@rbrick、MOMO、假MOMO、Qee等小熊，所以导致了不少朋友的概念不明。

官方网站：http://www.toy2r.com

现在你终于能大致分清这几位让人看花眼的明星小熊了吧？！
那么，再给大家介绍两位刚崛起的"熊界"新星吧。

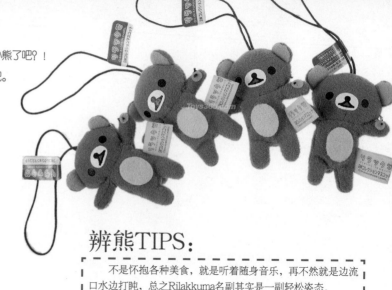

最懒散的小熊——轻松小熊

日本San-x公司继红遍全球的趴趴熊后，又请来一位"解压代言人"——Rilakkuma，中文称为"轻松小熊"或者"懒熊物语"。现代人每天过着繁忙的生活，其实内心也想过得轻松自在，"轻松小熊"反映出我们的愿望，Rilakkuma就是由英文的relax（轻松）和日文的kuma（熊）组合而成的。

辨熊TIPS：

不是怀抱各种美食，就是听着随身音乐，再不然就是边流口水边打盹，总之Rilakkuma名副其实是一副轻松姿态。

官方网站：
http://www.san-x.co.jp/relaxuma/top.html

最勤快的小熊——咖啡小熊

与San-x公司同为日本卡通"大哥"的Sanrio公司旗下有一群与轻松小熊长相酷似但性格截然不同的熊熊——Tenorikuma"咖啡小熊"，它们是五只可爱的小浣熊，因为身段小巧，只有四厘米高，你的手掌足以成为它们的舞台，所以又称做"掌上熊"。个子不高的它们在咖啡店辛勤工作着，每天充满朝气地合力煮出香浓咖啡，美味的咖啡广受欢迎。

辨熊TIPS：

身为浣熊，长长的条纹尾巴当然不能少；颈上的小方巾也是这些可爱侍应生的标志，而且五个主角的方巾颜色各不相同呢。

官方网站：http://www.sanrio.com.tw/html/2_star/1_detail.php?ID=19

其实，关于熊熊的品牌还远不止这些，诸如：E-LAND小熊（服装）、BUBU熊（玩具）、TOUS熊（首饰）、QQ bear俏俏熊（包包）、Bear2（服装）、lulu castagnette熊（服装）、乐天树袋熊（零食）……真是数不胜数！

"熊"霸天下的时代已经悄悄到来了，你也要亮出熊熊火眼，把它们一一分清，不要闹出笑话哦！

NO.1——大嘴猴Paul Frank

十年前设计师Paul Frank坐在缝纫机上使用红色无菌人工皮革制作皮夹并创造出一只大嘴猴并命名为Julius，他把这个皮夹作为礼物送给朋友Ryan Heuser，而Ryan则因为这个礼物选择了在纽波特海岸自家的停车库以五千美元展开了不可思议的未来事业——Paul Frank制造商（PFI）的雏形就这样诞生了。

Paul Frank现在已是一间创造出百万美元销售业绩的流行配件公司，世界上有超过一千家的商店可以找到Paul Frank的商品。小甜甜布兰妮和克里斯蒂娜·阿奎莱拉等名人都是这只猴子的粉丝。

大嘴猴这个图案相当吸引着年轻世代，商品在世界各地大受欢迎，连电影《王牌大间谍》、《美国派》、《冒牌老爸》中都可以发现它的踪影。

防伪小TIPS：

国内服装市场及小店中的Paul Frank，不论看上去做工多么不错，应该都是仿货，因为这种图案简单的T恤或外套实在太容易仿制了，而且如此低廉的价格，与正品真是相距千里啊！

官方网站：http://www.paulfrank.com/

这是一个kidult的时代，年轻人的周遭总会出现林林总总的卡通形象，特别是各种动物明星这几年在时尚圈纷纷登场、大展拳脚。

时下，猴子、猩猩的PK大战正在时尚领域悄然打响，俨然一场"猩猩大战"！关注潮流的你怎可不亲身实战呢？让这群活泼可爱而又时髦的小家伙们也为你打造出一个酷辣潮蔻的全新形象吧！

第七节
猩猴大战
——关于猴子的品牌

NO.2——BOBBY JACK

近年来，外贸服饰小店里出现了这么一只被店员广泛地叫做"大嘴猴"的绒衣系列，深受不少年轻MM的欢迎，其实这是一个叫BOBBY JACK的品牌，是外国的一个童装的牌子（从它的图案和配色上已经可以看出来了吧）。

BOBBY JACK远没有Paul Frank享有盛名，基本属于无名小卒，小店中常见的帽衫、卫衣等应该都是它的童装版的大号仿版，最低50元左右应该就可以拿下，若店家开口就管你要一二百大元，你砍价一定不要心软哦。

ViVi经验谈：

相比大号的仿版，我见过它的一些小号童装，似乎更像正品，做工更精致，一身也不过几十元，买来送给小朋友是不二的选择哦。

官方网站：http://www.bobbyjackbrand.com/

NO.3——毕啵猴

毕啵猴是索尼电脑娱乐日本有限公司的人气捉猴动作游戏《捉猴啦！》里的小猴子。

1999年《捉猴啦！》第一作在PS上发售时第一次完整发挥了Dual Shock手柄双摇杆的设计特点，并以其让人笑破肚皮的毕啵猴活剧给人留下深刻印象。该系列系统上最大的特征就是让玩家可以用左摇杆移动，右摇杆控制网袋捉住毕啵猴。游戏中出现的傻乎乎的毕啵猴们经常会模仿经典电影、电视以及游戏作品中的经典桥段，非常搞笑逗趣，毕啵猴也因此成为SCE的又一个吉祥物。

因为长了一张大嘴，所以毕啵猴也常常被误当做大嘴猴的亲戚。

NO.4——吉田耀司猩猩

吉田耀司（JT.Y.S&;TYC）是日本休闲时尚品牌，以设计师的名字命名，始创于1971年，主要生产包包，整体设计大胆出格，色彩鲜明亮丽，突显主人个性，在英伦feel的设计上再加入些朋克的感觉，其标志猩猩LOGO非常讨人喜欢。

一向自成一格的JT品牌，以超乎想象的奇异设计成功扩展到欧洲。并联合荷兰潮流设计单位与亚洲潮流设计单位，正式启动JT·亚洲、JT·欧洲来侵占潮流市场。以亚、欧潮流的混合更加彰显JT品牌在一众潮流人士中的至爱首选。JT的创作主脑对Limited Edition的理念推崇备至，JT的所有猩猩产品皆为限量品。

NO.5——RADIC COLOR猩猩

人家明明是一只猩猩嘛，在购物网站上竟然看到也有店家叫它大嘴猴，真是汗啊（这就是传说中的"沾名人的光"吧！）。

日本一个比较街头的小牌子，有点PUNK的味道，LOGO就是一只张着大嘴的猩猩，还常有一只憨态可掬的熊猫伴其左右。

vivi经验谈：

小店中RADIC COLOR短袖T恤售价常在15～50元不等，完全看你的砍价功力了。

官方网站：http://radiccolor.jp/

NO.6——醉猴Drunknmunky

以一只大大的长尾猴作为品牌LOGO的"醉猴Drunknmunky"来自美国，是由韩裔美国人于1999年所创立的街头品牌，之所以取名为"醉猴"，灵感来自中国武术的醉拳，没有固定的拳法、变化莫测，象征它的服饰适合在各式场合穿戴。不少美国的嘻哈明星都是此品牌的拥护者，宽松舒适的设计深受热爱Hip hop的大男孩拥戴。

vivi经验谈：

国内市场上"醉猴"的仿版不难找，运气好的话甚至可以以极低的价格收到手。例如我这件Drunknmunky的超大版绒衣，每个细节都非常精致，但价格却竟然只有10元一件，真的是便宜到爆啊！

官方网站：

http://www.drunknmunky.com/

NO.7——三毛猴Kapo

由一名居住在加拿大的香港设计师耗时两年创造出来的Kapo已成为全亚洲公仔玩偶界的小天王，并且已成功打入新加坡、马来西亚、菲律宾以及上海。同时，Kapo也正准备进军日本、韩国。

Kapo是一只富有现代感的卡通小猴，它不仅样子可爱，而且能理解人类的心情及需要，平日最爱伸张正义、打抱不平，是个完美的聆听者及支持者。在设计上它千变万化，配合不同节日改变打扮及形象，相关产品种类丰富！已成为粉领新贵们的新宠。

它微笑的面容，红红的脸蛋，最大特点是头上靠左边有三撮头发，被大家昵称为"三毛猴"。

官方网站：http://www.kapo.cc

NO.8——长尾猴Pinky

日本湖池屋是一家专门生产爽口糖的公司，在一次宣传活动中，设计出两只Pinky猴作为广告形象，没想到竟然大受欢迎，因此湖池屋便创立了"Pinky"品牌，专门生产爽口糖，而且时常推出以Pinky娃娃为形象的限量食品。在日本，搭配Pinky食品限量贩售的商品，也是很多人争相收藏的流行玩意。

在台湾，"Pinky给我、Pinky给我"的广告歌词朗朗上口，那两只造型可爱、眼睛闪闪发亮的猴子，也立刻成为深受大小朋友喜爱的广告明星。

2004年为配合猴年的到来，台湾还推出过模样可爱、逗趣的黄金Pinky，意喻带给消费者一整年的好运！

官方网站：http://www.pinkymonkey.com.tw/

NO.9——淘气猴MONKICHI

日本三丽欧SANRIO公司的小明星MONKICHI（香港叫它"马骝仔"），和KITTY一样都是三丽欧的当家主角。

MONKICHI小档案：

生日：1月13日。

特技：狂吃最喜欢的香蕉，1分钟可以吃10根！

性格：乐天派，听到赞美就乐不可支，偶尔会拘泥于小节，喜欢讲无聊的笑话。

出生地：日本乡下的深山。

特点：红彤彤的小屁屁，正是血统纯正日本猴的证据！圆滚滚的大眼睛骨碌骨碌地转，受惊吓时长睫毛会跑出来！

vivi经验谈：

正品一定要有SANRIO公司的LOGO！像这只，是我吃雀巢奇趣杯冰淇淋送的，别看它小，大公司的赠品肯定是正品没错啦！

官方网站：http://www.sanrio.com.tw

NO.10——集市小猴bazar de gozarre

早在1990年，NEC在日本还没什么市场认知率，被日立、东芝、松下远远甩在后面，但短短十几年间，是谁为NEC打赢了这场翻身仗呢？就是这只名叫bazar de gozarre（意为集市）的神奇小猴子！

极具视觉冲击力的明黄底色加上咖啡色的小猴，铺天盖地遍布店堂招贴、宣传海报、目录小册，以可爱的亲和力构成无懈可击的超人气，让NEC的品牌认知率扶摇直上。

NEC还策划过一场趣味十足的"寻找小猴"的推广活动，将小猴子隐藏在商场的海报中让顾客寻找，还同期开发了"寻找小猴"的电玩游戏，这一系列活动获得了销售业绩全线飙红的最佳褒奖！

十多年来，不断寻求发展的NEC集市小猴不仅在日本已达100%的认知率，还推出了CD和画册，成为名副其实的NEC个人电子电器产品的代言人！

官方网站：http://bazar.biglobe.ne.jp/

NO.11——Monchhichi（梦奇奇）

1974年一对名叫Monchhichi（梦奇奇）的非常可爱的小猴子在日本诞生，它们的出现是想让小朋友知道爱的珍贵和美妙，Mon即英语Monkey的前3个字母，而后面的字母组合则是模仿婴儿吮吸时发出的"吱吱"声。Monchhichi中的男生名叫Monchhichi Kun，女生名叫Monchhichi Chan。梦奇奇的可爱之处除了那楚楚可怜的表情外，就是小巧可爱的外形：毛茸茸圆滚滚的身躯，使得他们比一般的收藏娃娃多了一种平易近人的感觉。

Monchhichi Kun与Monchhichi Chan于2004年1月26日在东京喜来登酒店举行婚礼。一年后Bebichhichi双生兄妹诞生。虽然现在梦奇奇已经有儿有女，可是两只小猴子的性格则多年不变，还是那么温纯、淘气，Monchhichi Kun爱撒娇，Monchhichi Chan却很坚强；兴趣依然是Fashion，喜爱打扮；同样喜欢吃蛋糕和水果。

在日本的静冈县还有梦奇奇的专属博物馆，其受欢迎的程度可见一斑。

官方网站：http://www.monchhichi.co.jp

第八节
"犬"心"犬"意
——关于狗的品牌

狗狗形象以可爱忠诚的特点博得了大家的长久喜爱，随着京城养狗爱狗人士的增加，穿着一件有自己爱犬形象的服饰逐渐成为流行指标，各种以狗狗为LOGO的时尚品牌成为年轻人的新宠。

如果大家觉得以巴吉度猎犬作标志的Hush Puppies等服饰太过传统，那么今天就为大家介绍几个新近进入中国市场的青春狗狗品牌，全心全意地爱上它们吧！

NO.1——Ceu

以雪纳瑞狗狗侧身剪影作标记的香港青春品牌Ceu，走的是年轻时尚、休闲简约的路线，各种款式的服装上都以一个可爱的小狗或一根骨头为LOGO，令人爱不释手。

Ceu的设计以可爱狗仔为主图案，雪纳瑞、哈士奇等都做过它的主角。Ceu为年轻人收入考虑，价格也相当合理，一件狗仔图案的T恤大概100元港币左右。而不少明星如Twins等也都是它的拥趸。

除推出女装系列，Ceu每季亦推出小狗服饰及配件，设计概念是出于主人与爱犬生活的紧密性，主人穿什么款式衣服，狗仔也穿同样的，因此狗仔服采用的布料在女装系列都会找到。狗仔服的设计以Casual Wear为主，配以T恤、背心及拉链外套等，在夏天还有不少雨褛为小狗挡雨呢！

狗狗品种：雪纳瑞

品牌类别：服装

品牌产地：中国香港

NO.2——Husky × 3

由香港设计师打造出的三只哈士奇狗狗Husky×3（简称为H3），是近年声名鹊起的香港本土玩偶及时装品牌。

设计者Kevin在一次把哈士奇犬误认成狼后，对Husky的好奇与好感与日俱增，渐渐成为Husky爱好者，积累了许多相关收藏品。原本就在香港设计学校担任导师的Kevin，慢慢开始描绘他心中的Husky，创造出属于自己独一无二的Husky世界。就这样，以三只各有特色的哈士奇为主人公的故事在杂志上连载，逐步打出了知名度。

如今，Husky×3在玩偶及服装设计上均成绩斐然，脚踏实地又创意多变的系列商品，让人感受到设计者本身的真诚与用心。迷人的哈士奇在众多杂志的争相报道下，成为人气商品，如今限量公仔已发展至第七代，并开始打入国际市场。

狗狗品种：哈士奇

品牌类别：玩偶及服饰配件

品牌产地：中国香港

NO.3——AGATHA

　　来自法国的饰品品牌AGATHA，以一系列Scottie小狗为形象，其优雅又可爱的形象，深得女生欢心。

　　AGATHA的品牌LOGO是一只可爱的苏格兰㹴利犬，灵感源自品牌创始人的宠物小狗。优雅的曲线与绝妙的颜色搭配造就出可爱简洁的气息，虽然AGATHA饰品使用的材质大多为非贵重金属，但其超强的搭配性与绝对流行感，仍然得到广大时尚人士与年轻女性的特别青睐。

　　AGATHA自30年前于巴黎创立了第一家首饰专卖店，发展至今在全球各国共有230家专卖店。AGATHA尽显活泼和女性化元素，简洁的设计既得体又不失可爱，非常适合年轻的时尚女生。每年春夏、秋冬两季，AGATHA都会紧跟服装潮流趋势推出全新设计系列，包括耳环、项链、手链、戒指、胸针、手表、最受欢迎的发饰，以及近年刚推出的小狗形状的手提包等。

　　狗狗品种：苏格兰㹴利犬
　　品牌类别：饰品、配件等
　　品牌产地：法国巴黎

NO.4——2%

　　2%（two percent）是一个以黑白色小坏狗为LOGO的香港品牌，来自于DizenLTD公司，集合了日本以及香港、台湾等亚洲地区的设计精英，创造出2%专属的东瀛风格，成为亚洲至潮品位的流行指针。2%的商品相当多元化，从女装、男装、配饰，到玩具、家品，集多种生活元素于一身。

　　其中，以其LOGO引申而出的二线品牌ODF，以搞怪小狗公仔icon为主打形象，深受年轻人喜爱。ODF的颜色都是清爽不甜腻的淡色，还总伴随着一只喜欢搞怪的可爱小狗，这个调皮小家伙的最大特色就是手上常有一堆便便，这个绝招肯定让你过目不忘。

　　狗狗品种：牛头梗
　　品牌类别：服装服饰
　　品牌产地：中国香港

NO.1 趴趴熊——我懒我怕谁

日本卡通业巨头SAN-X公司的美术创作师，在某天工作又忙又累、放松下来的一刹那间，突然想创造出一个懒洋洋的熊猫模样的玩偶，"TarePanda趴趴熊"这个概念便由此而生（Tare一词在日语里是"趴着、俯卧着"的意思）。

趴趴熊最初只是打入贴纸市场，没想到却大受好评。现代人工作都非常繁忙，渴望着悠闲的生活，所以当他们看见或想起趴趴熊轻松的状态和移动缓慢的模样，便会有一种从工作压力中得到释放的感觉。这就是趴趴熊能够大获民心的原因。

于是，San-X公司陆续为趴趴熊推出了各款精致用品，各授权商亦纷纷出售各种不同款式的趴趴熊产品，来满足一直爱戴及支持的趴趴迷。

小档案：

移动方式：由于特别懒惰，所以既不用脚走、也不用手爬，而是用滚的方式移动，前滚翻、后滚翻、侧滚翻皆可。

翻转速度：慢得让人郁闷，以至于你看不出他在动——每小时2.75千米。

喜欢的活动：叠罗汉（目前达到的最高纪录为10只，重叠再重叠，还是软趴趴的）。

官方网站：http://www.san-x.co.jp/suama/suama.html

第九节
国宝也疯狂
——关于熊猫的品牌

在奥运福娃晶晶的带领下，熊猫的卡通LOGO形象逐渐攀升到了潮流顶端——LV设计了熊猫手袋、梦工厂拍摄了熊猫电影、QQ和MSN上更充斥着无数可爱搞怪的熊猫表情，我们憨态可掬的国宝，已经成为全世界的新宠儿！

时尚界里，熊猫概念充斥着各种品牌，成为很多设计师的创作元素，灌注到不同国家和地方，熊猫的流行指数已接近疯狂程度！无论是国内设计师设计的潮流熊猫形象，还是国外最恶搞最出位的熊猫LOGO，都已然在国际领域红翻天了！

熊猫出没，请注意！！！

NO.2 Lovers House——潮人兄妹组

日本潮牌Super Lovers成立十年后，在1998年增加了新成员——由人气偶像卡通熊猫Ken和Merry领军的卡哇依少女品牌Lovers House。

Ken和Merry代表了Super Lovers的可爱一面，专门针对少女顾客，Ken和Merry的熊猫造型出现于各式各样的文具、配件、生活用品中，带来一阵熊猫风。

为吸引更多层面顾客，Ken和Merry的形象绝不是一成不变的，它们时而变身为超级摇滚巨星，时而推出角色扮演的COS图案，一会儿拿着彩球扮拉拉队，一会儿又优雅地跳起芭蕾，让人忍不住惊叹日本设计师的创意。

小档案：

品牌价位：服装约1280~6480日元，小配件约480~980日元。

消费者年龄层：约16~25岁（高中生居多）。

主要商品：服饰、背包、手表、眼镜、袜子、鞋帽，还有一些小配件如项链、钥匙圈等。

官方网站 http://www.superlovers.jp/lovershouse/

NO.3 生茶熊猫——产品代言明星

熊猫形象不仅以可爱取胜，更能带动令人意想不到的商机！日本麒麟(Kirin)公司所推出的"生茶"饮料，除了请来大明星松岛菜菜子代言外，也捧红了菜菜子手上那只熊猫娃娃——"生茶panda"。

商家马上明智地在饮料罐上附上"生茶panda"的小赠品，分季节推出不同款，让"生茶panda"粉丝们疯狂收集，商品也因此卖得超好！除此之外，更有抽奖活动，中奖者可以获得更大只的熊猫娃娃，这样的活动怎能不叫粉丝们趋之若鹜地努力参加抽奖活动呢？！小小熊猫让生茶饮料卖翻了天。

NO.4 Yonda?熊猫——读书好榜样

日本各个出版社出的文库本图书都各具特色，其中新潮社算是比较雅俗共赏的。每年夏季都有一个"新潮文库100册"的精选促销活动，重点推销国内外的近现代文学名作。而活动的形象大使就是一只熊猫——Yonda?。

这只熊猫怎么有个这么奇怪的名字呢？原来yonda? 意为"你读了吗？"，而yonda和panda的读音很相近，于是出版社便创造出这只爱看书的熊猫Yonda?了。

看书时的Yonda?真的是专注又可爱，线条简单，却能让人会心一笑。而且Yonda?绝没有不看书的时候，连过马路都在看书，绝对是爱读书的典范、同学们的榜样啊。

新潮社靠着可爱熊猫来鼓励大家多看书的活动收到的效果确实不错呢！

Yonda?

新潮文庫の100冊

NO.5 WWF熊猫——环保我先行

　　世界自然基金会（World Wide Fund For Nature，简称WWF），是世界上最大的独立性非政府环境保护组织，募集慈善捐款以支持推行环保项目，致力于保护野生动物及其生长环境。WWF采用熊猫形象作为会徽，是世界自然基金会的前身世界野生生物基金会理事会在1961年一致通过的，俗称"熊猫徽"。

　　为什么采用我们的国宝熊猫作为这个国际组织的标志呢？WWF成立之初，各国生物学家一致认为要有效推广基金会，不但要有清晰的目标、理念和口号，更重要的是一个能够深入人心又有意义的LOGO，他们一起走到伦敦动物园，黑白分明的大熊猫志志让他们眼前一亮——既能代表濒临灭绝的保护动物、又拥有可爱而抢眼的外形，从此，熊猫就担负起了保护地球环境的新使命。

小档案：

WWF熊猫LOGO三宗"最"：
1. 最具世界性
2. 配色最单一
3. 最有收藏价值

官方网站：http://www.wwf.org/

让自然如节日般绚丽多彩！

WWF的使命：
阻止地球自然环境的恶化，创造人类与自然和谐相处的美好未来，为此我们致力于：
1. 保护世界生物多样性；
2. 确保可再生自然资源的可持续利用；
3. 推动减少污染和浪费性消费的行为。

for a living planet*
www.wwfchina.org

NO.6 熊猫帝国——创意无极限

　　熊猫帝国的LOGO——Panda Queen是一只具有双重"熊"格的熊猫，表面柔弱，内心澎湃。

　　它的女主人叫红旗，是位自由摄影师，业余做手工。她喜欢熊猫，偶尔做了一个熊猫帆布包，背出去总会被人问到在哪里买的；创意市集第一次在北京开市的时候她去逛了，回来就想，自己也可以做一些东西啊，于是就诞生了"熊猫帝国"。从贴纸到帆布袋再到文化衫，全部都是红旗的原创产品。熊猫成了她的代言人。

　　红旗特别强调她的环保概念，倡导简单淳朴的生活方式，包包都采用纯天然帆布制作工艺，她的熊猫系列作品，更传达了呼吁人们保护动物的意愿。

小档案：

　　姓名：Panda Queen
　　产品：贴纸、钱包、帆布袋、文化衫、冰箱贴、项链、戒指等
　　活动范围：创意市集
官方网站
http://www.
pandaqueen.com.cn/

NO.7 超口爱乐团——未来巨星组合

由台湾著名音乐鬼才许常德一手打造的"超口爱"熊猫乐团是由五只3D虚拟熊猫组成的，其中主唱"晶晶"还是奥运的代言明星！

许常德亲自出马为晶晶创作的歌曲《超口爱》，被正式宣布成为成都大熊猫宣传片的代言歌曲。许常德历经一年半前往成都及卧龙拍了数万张照片与数百小时的影像，抓住熊猫的特性创造出这个虚拟的乐团，来对比影射出人类的好强、匆忙及对生态的破坏。

"可爱"在四川话和闽南话里的发音都是"口爱"。"超口爱"就是四川和台湾借由国宝而产生的爱的结晶。

不要怀疑，明日的超级巨星，来自地球最古老的活化石，超口爱熊猫乐团，已经进军乐坛。熊猫真的来了！

小档案：

> 主唱："晶晶"，声音嘹亮又甜美
> 团长兼键盘手："啰唆"
> 贝司手："不好睡"
> 鼓手："Dada"
> 吉他手："废物"

NO.8 点心熊猫——不能吃的美味

这是什么？热气腾腾、松软可口的点心，令人眼馋得恨不得一口吞下去！不过，它们可不能吃，因为它们是"点心熊猫"——依附在点心里的珍稀而神圣的熊猫精灵！热腾腾的温暖关怀，带给人欢乐无限。

"点心熊猫"由BANDAI（万代）集团设计，就是出产过高达等著名的动漫游戏模型的公司，他们专为中国市场度身设计了"点心熊猫"这一系列形象，从衍生产品切入，进而为配合点心的销售开发出动漫作品。我们再熟悉不过的各种小吃就这样化身为国宝的模样了。

小档案：

> 【成员介绍】
> 点心熊猫们的首领——肉包熊猫。
> 其他成员——饺子熊猫、烧卖兄弟、馄饨熊猫、月饼熊猫、麻团熊猫、桃馒头熊猫、小笼包四重奏。

NO.9 熊猫万能侠——搞笑无极限

随着BANDAI公司推出"超合金魂"玩具系列，各式各样的怀旧铁甲万能侠Cosplay层出不穷。而在这当中最最成功的就要数大师永井豪创造的熊猫Panda-Z了！

BANDAI出品的"熊猫万能侠"PANDA-Z将熊猫与万能侠crossover，并且因无厘头恶搞风盛行，所以这个熊猫Z不像正义的铁甲万能侠以励志为主调，而是以极其幼稚的画风和超搞笑的情节出位。

铁甲万能侠的英文名字是"Mazinger-Z"，而"熊猫万能侠"的名字就改成"PANDA-Z"，两者读音相像，但造型却有天壤之别，"熊猫万能侠"的整个机械体只留下了铁甲万能侠的标志性P-Z天线。

恶搞的影响力实在是太大了，大师也玩得乐在其中。

小档案：

【人物介绍】
正义方：熊猫太郎、博士爷爷、阿旺、娜娜、迪奇、仓一郎、仓次郎等。
邪恶方：骷髅帝国的骷髅首领。
官方网站：http://www.panda-z.net/index.html

NO.10 Hanpanda——双面混血儿

Hanpanda是日本新晋女设计师野田风(NAGI NODA)的大作。它一半总是熊猫，而另一半则可以是羊、狮子、兔子、Hello Kitty，或者别的任何动物。

虽然有着长长睫毛的Hanpanda很可爱，但是它们也很孤独，因为永远找不到自己的同类：熊猫觉得它们长得怪，其他另一半的动物亦然。

身兼导演、视觉总监、服装设计师等多重身份的野田风，其实就是想借这些古怪精灵、令人过目难忘的熊猫视觉作品来告诉我们一个社会事实：我们每个人都是独一无二的，同时也是双面的，要试着更多的了解和理解他人。

小档案：

成员包括：一半兔子的usapan、一半猫的nyanpan、一半Hello Kitty的kittypan等
官方网站：http://www.hanpanda.com/

キティパン/ワンパン/クマパン/ニャンパン/ウサパン/チューパン/シカパン/メーパン

NO.11 DANPA——黑白大反转

这只熊猫好奇怪，身体该黑的部分白、该白的部分黑，连名字都玩起《达·芬奇密码》中的那种反转文字，将Panda里面的p和d颠倒，念做Danpa，真服了设计者的想象力。

在日本北海道，街头路边常会看到这只怪熊猫的招贴海报，而且商店中的周边商品也一应俱全，不知实情的观光客恐怕会以为北海道真的发现这种新物种呢！

其实，这是北海道最新的地区形象代言人，还身兼保护环境拯救地球的重任。

小档案：

出生地：日本北海道
特征：底片式配色
官方网站：http://www.danpa.net

第十节

猫猫狂想曲
——关于猫咪的品牌

在动画大师宫崎骏的电影世界里，永远是猫咪做主角的，在它们近乎催眠的帮助下，现实生活中的不尽人意、都市爱情的不够完美，统统都说拜拜啦！

我们身边的猫咪形象都是那样讨人喜欢：Kitty是最可爱的、加菲是最滑头的、龙猫是最有正义感的……有了它们，我是最幸福的！

就让我们在猫咪的带领下，搭乘时空穿梭机，进入童话般的世界，感受那失而复得的天真烂漫情怀，在心中开出绚烂的花朵吧！

NO.1——Hello Kitty

Hello Kitty为日本三丽鸥公司于1974年创造的卡通人物。通常是以明亮的粉红色的头上有蝴蝶结的白色卡通小猫Hello Kitty形象出现。而刻意忽略嘴巴部分的Hello Kitty商标自1976年注册以来，早已广为人知。

♡Hello Kitty♡
Itty-bitty, kind & pretty!

Let's be friends!

小档案：

姓名：KITTY WHITE
性别：女
生日：1月1日
本籍：英国
血型：A型
身高：5个苹果高
体重：3个苹果重
住址：英国伦敦郊外，离泰晤士河约20千米、人口约2万人的小镇上
学校：离家约4千米的伦敦市中心，是一所充满绿意的学校
拿手学科：英语、音乐、美术
喜欢的运动：网球
兴趣：做饼干
喜欢的食物：妈妈做的苹果派、装饰着饼干颗粒的蜂蜜香草冰淇淋、镇上的面包店叔叔做的法国面包
喜欢的词汇：友情
收集品：糖果、星星状的东西、金鱼等，精巧可爱的物品
宝物：爷爷、奶奶送的入学礼物——闹钟，相薄，记录秘密的涂鸦本，在森林中发现的钥匙
喜欢的男生的类型：对任何人都体贴的优雅类型
家族构成：父亲、母亲、双胞胎妹妹、爷爷、奶奶
官方网站：http://www.sanrio.com/

NO.2——玛丽猫（Marie）

踩着高贵步伐，忽闪着妩媚蓝眼睛，拥有洁净蓬松的白毛，头顶和颈部还系有可爱的粉红色蝴蝶结，这就是迪斯尼经典形象之一的玛丽猫（Marie）。玛丽猫出自迪斯尼于1970年推出的第20部经典动画电影《猫儿历险记》（The Aristocats），动画片里的玛丽猫非常抢眼，不但以法式英语唱歌，还有诸多贴心表现，让她在影迷的心目中加分许多，成了《猫儿历险记》中最受观众欢迎的角色。

近年玛丽猫以其柔媚形象重新走红，在日本的超人气也让它成为Hello Kitty的最大劲敌，不但周边商品变多了，日本迪斯尼更斥重资于各大媒体强打以玛丽猫为主题的手机加值服务，让日本的学生及OL惊呼"卡哇伊"。这种种的营销也让新一代的观众有机会从各个层面重新接触到这位造型可爱的明星。

玛丽猫的相关产品都体现出前沿的时尚理念，不仅养眼，而且实用，营造出女孩子颠倒众生的美丽和自然大方的气质，烘托出女生天生的娇柔和妩媚。

魅力焦点（识别特点）：高贵气质、灵动眼神、蓬松白毛和可爱蝴蝶结。

官方网站：http://www.disney.com.hk/marie

NO.3——Charmmy Kitty

由于Charmmy Kitty的面市时间大大晚于玛丽猫，所以很多人先入为主地把她误当成了玛丽猫，这里就要给大家纠一下错了。

Charmmy Kitty同Marie一样也是一只超美型的白色波斯猫，是日本三丽欧公司旗下的明星形象Hello Kitty的小宠物，即由Kitty衍生出来的新产品。她的头上戴着镶有蕾丝边的大蝴蝶结，脖子上则戴着Kitty的珠宝盒钥匙的项链，比Hello Kitty长得更像一只真正的小猫咪。

Charmmy Kitty 在2004年首次推出，但它派生的产品相较Kitty的幼稚风格而言却更为成熟化。其周边产品多为华丽宫廷式包装设计，营造出小小复古奢华感，很符合流行风格。

魅力焦点（识别特点）：镶有蕾丝边的大蝴蝶结和精致的钥匙项链。

官方网站：http://www.sanrio.com.tw

NO.4——井上多罗（井上卜口、Toro）

出生于1999年的PS2游戏明星井上多罗（Toro），随着PocketStation游戏的热卖而在日本大红大紫，这只小白猫的商业价值比游戏本身的价值还要高，更成为SONY的吉祥物，在日本可谓家喻户晓。

多数日本的游戏公司都有代表其形象的游戏人物，如世嘉的Sonic，任天堂的皮卡丘、马里奥，而多罗猫则自诞生以来就一举成为SONY公司SCE（SCE = Sony Computer Entertainment，也就是Sony的游戏部门）的招牌角色，并受到广大玩家的支持。

多罗猫源自于掌上型电玩PocketStation中的一个谈话游戏，它大大的方形脸、两块粉嫩的腮红、线形的五官、瘦长的身形给人亲近温暖的感觉，这也是游戏的设计理念——让大家都很快乐的软件。多罗的表情总是开心得不得了，好像全世界所有最美好的事情都发生在他身上一样，由于表情多多、动作趣怪，所以颇受欢迎。

个性焦点（识别特点）：梯形的面部、矩形的身躯以及多样化的脸部表情。

NO.5—— a02黑猫

香港女装品牌AZONA（阿桑娜）旗下的a02品牌的LOGO是一只个性十足的小黑猫，黑红的主色搭配令它看起来酷帅无比。

创立于2001年的少女装品牌a02打出了"创意生活+原创风格"的大旗，力图令每一位女生散发其本身之独特风格和突出个性的秘诀。不依惯例的产品混合，配合独一无二的店铺设计，令a02成了时装界里的一朵奇花，就像那只小黑猫一样——散发着狡黠的智慧与神秘的灵气。

糖果般的色彩，趣味的猫咪图案，使a02呈现出独一无二的活泼风格。缤纷色彩营造出精灵世界，万花筒般离奇的图案打造华丽公主们的梦幻王国。

a02的服装无论纽扣和贴布、襟章与挂链全都布满了黑色的猫咪图案，它就像施了魔法的小精灵，带你漫步童话王国，这正是设计师的意图——让穿着它的少女化身为充满魔幻魅力的公主，而那只黑色小猫当然就是公主的最佳侍从+护卫+魔法师喽！

个性焦点（识别特点）：通身黑色，只有鼻子和尾巴上的蝴蝶结由红色点缀。

官方网站：http://www.azona.com.hk/

NO.6——多啦A梦（机器猫）

大家熟知的机器猫这个角色是怎么来的呢？某天，漫画家藤子不二雄家里闯进一只野猫，虽然截稿在即，他仍然忘我地帮它抓起跳蚤来。这一抓就是好几个小时，等到藤子发现时间不够，已经来不及将稿子完成，急得像热锅上的蚂蚁似的他不停踱步。忽然，他踢到女儿的不倒翁玩具，于是灵感乍现，结合了猫与不倒翁的造型，创造出机器猫这个角色。

小档案：

日文发音：DO RA E MON
中文名：叮当、多啦A梦、哆啦A梦、机器猫、小叮当
出生日期：2112年9月3日
机械人种类：猫形家务/朋友机械人
身高：129.3cm
体重：129.3kg
胸围：129.3cm
坐高：100.0cm
弹跳力：129.3cm（遇见老鼠时）
逃跑速度：129.3km/h（遇见老鼠时）
家庭状况：妹妹叮铃、主人小雄（大雄的曾孙）
喜爱：铜锣烧、猫女
讨厌：老鼠、天气冷
性格：心肠好，乐于助人，但却心肠软

官方网站：http://dora-world.com/

NO.7——加菲猫

一只"猫"能活到30多岁，的确算得上高龄。更让人无法想象的是这只橘色条纹的大肥猫"懒惰、贪吃成性"，不仅与"英雄形象"扯不上半点儿关系，而且简直就是"人性弱点的集大成者"。可是，正是它——加菲猫，享有着"世界上最著名的猫科动物"的声誉，正是它——活跃在漫画书中的一个卡通形象，曾经并依旧风靡全球。

自从1978年6月19日问世以来，它就以四格漫画的形式先后登上了全世界2600种报纸，关于它的漫画共售出了1300万册，并且在全世界拥有2亿6千万名热心读者。大概是因为它看破红尘、语出惊人的独特魅力和人性化的自由享乐主义，这个一脸傲气表情的猫，这只完全自由的猫，这只爱说风凉话、贪睡午觉、牛饮咖啡、大嚼千层面、见蜘蛛就扁、见邮差就穷追猛打的猫，成了全世界最受欢迎的猫。

小档案：

出生日期：1978年6月19日

出生地点：妈妈柔娜的厨房

出生时体重：5磅6安士(至今还是最重的纪录)

现时体重：根据他的身高比例，他的重量相当于一艘航空母舰

特征：14只指头、6根胡须和1个粉红色的鼻子

喜爱的运动：睡觉

最喜欢的人物：自己

最不能忍耐的压力：饥饿

最好的朋友：镜子

喜爱食品：千层面、猪肉卷、意大利面

最讨厌的日子：星期一

最喜爱的藏身地点：曲奇饼罐

最不喜欢玩捉迷藏的地方：饼干桶里

女朋友：阿玲

嗜好：食和睡

最喜爱的饮品：咖啡

最常引用的句子："从来没有我不喜欢的意大利面"

最喜欢的狗：热狗

除睡觉外最喜欢的运动：欺负欧迪

官方网站：http://www.garfield.com

NO.8——饭团猫

饭团猫最早叫"咪咪猫"、"点心猫"，日文名是NYAN NYAN NYANKO，原作者是中岛美寿——日本四大卡通巨头San-x公司的当家"花旦"之一。据说这种卡通猫是一群生活在"咪咪村"里的小猫咪，它们有着超强的模仿能力，而且充满了好奇心，尤其擅长模仿饭团及各类食物，所以又被称作"饭团猫"。

只要看到它的样子，相信你也一定会立刻喜欢它的！

官方网站：

http://www.san-x.co.jp/nyanko

NO.9——精灵宝石猫

日本San-x公司的最新小明星Jewel Cat，中文译名是精灵宝石猫，似乎有点俗气的译名，但形象确实挺可爱的，有种猫咪特有的贵气。

传说它是宝箱中居住的猫精灵，眼睛可以做出随月光变化的宝石，在满月或缺月的时候毛色和眼睛也会跟着改变。而遇到她的人能够得到幸福的力量（根据毛色不同可以拥有不同的力量）。

Jewel Cat的性格特点是喜爱打扮。宝石更是她的魅力来源。

官方网站：http://www.san-x.co.jp/jewelcat/

NO.1——美乐蒂My Melody

先从日本卡通巨擘三丽鸥（Sanrio）公司说起，提起三丽鸥，大家马上会想到鼎鼎大名的Hello Kitty，那么你知道日本媒体针对"除Kitty外最受欢迎的商品偶像"投票的结果吗？数百名卡通参选者参与，独占鳌头的第一名就是小兔子美乐蒂！

1975年美乐蒂诞生，创意来于格林童话《小红帽》。1996年美乐蒂在杂志人气的票选上受到高中女生的爱戴，以"高中生以上女孩支持的成熟偶像"之姿，荣登Hello Kitty之下的女二号地位，实力惊人。

小档案：

生日：1975年1月18日

出生地：美国马里兰州（Maryland）的森林

性别：可爱、漂亮的小女生

家族：爸爸、妈妈、爷爷、奶奶、弟弟Rhythm

朋友：小老鼠弗兰多、小松鼠、小麻雀、小象、小绵羊和森林里所有的动物

兴趣：和妈妈一起烤好吃的曲奇饼

专长：和任何人都能立刻成为好朋友

性格：天真无邪、活泼开朗，充满好奇心，但有时会有点急躁，对弟弟十分照顾，也很关心身边所有的朋友

最珍爱的物品：奶奶亲手为她缝制的小红帽

最喜欢的食物：杏仁松饼

最擅长的运动：跳绳

官方网站：http://www.sanrio.com.cn/star/melody.html

第十一节
小白兔正当红
关于兔子的品牌

《木兰辞》云："雄兔脚扑朔，雌兔眼迷离。双兔傍地走，安能辨我是雄雌？"这么多可爱的小兔一定让你有些分辨不清吧？且听我将他们的身世背景一一详细道来！

NO.2——酷洛咪Kuromi

江山代有才人出，三丽鸥旗下不断有新的Cutie卡通人物打江山，近年成绩最为骄人的就是My Melody的永远竞争对象——被称为"小恶魔"、"邪兔"的Kuromi。这位新登场的万人迷，一身黑色斗篷、前额还有个粉红骷髅标志，深深不忿My Melody多才多艺多人爱，经常和她斗气，但心底又对其有几分佩服。这个性格黑白分明的小家伙，刚出道已经备受瞩目，可见做新人要有个性才容易出位噢！

小档案:

生日：2005年10月31日（万圣节）

个性：看起来很粗鲁，但实际上是非常浪漫的小女生，最喜欢帅气的男生

兴趣：写日记，最近还开始撰写恋爱小说

喜欢的颜色：黑色

喜欢的食物：腌菜

宠物坐骑：巴库

PS: 美乐蒂与酷洛咪之间的爱恨纠葛

当天真单纯的美乐蒂把酷洛咪当成好朋友的时候，酷洛咪却暗自里把美乐蒂当成假想敌而在心中偷偷讨厌，每天故意跟她搞鬼。不过，这位看起来像极了男生的小魔女，实际上却是个不折不扣的心中充满浪漫憧憬的小女孩，也渴望谈场恋爱呢，不知日后这两只性格迥异的小兔子会否成为情敌呢？

官方网站：http://www.sanrio.com.cn/star/kuromi.html

小档案:

身高：三朵郁金香花高

体重：一串绿葡萄重

住的地方：被海环绕的南方小岛上

性格：最喜欢夏天，是充满好奇心的阳光小女孩

魅力点：有点弯弯的长耳朵，以及圆圆可爱的眼睛

兴趣：亲手烹制小点心

喜欢的食物：橘子冰喜欢的花，当然是向日葵喽！

收集的东西：装饰耳朵的饰品

将来的梦想：当芭蕾舞者

官方网站：http://www.sanrio.com.cn/star/usahana.html

NO.3——花兔U-Sa-Ha-Na

三丽鸥公司的小兔真是各个讨人喜爱，除了天真的美乐蒂、坏坏的酷洛咪，乐观、阳光的花兔U-Sa-Ha-Na也是个小明星呢！

U-Sa-Ha-Na的设计理念是为了让女生们的心情温暖起来，所以她身上的颜色也散发着彩虹般的快乐感觉。

U·SA·HA·NA

NO.4——米菲兔Miffy

以上三只小兔都出自同一间公司，长相上也颇多相似点。卡通界还有只和它们同样可爱的小家伙也一直被很多人误认为是三丽鸥家族的成员，那就是Miffy。线条简洁又不失俏皮的Miffy十足日本风格，其实它来自荷兰北岸。

Miffy兔出自荷兰国宝级插画大师迪克·布鲁那（Dick Bruna）笔下，他喜欢用简单的线条与仅有的几种颜色（橘、蓝、黄、绿）来创造出他心目中的童话世界。半个世纪以来，在作者的坚持下，Miffy的造型始终维持她一贯朴实简洁的原则，从来不会因为节目或任何理由乱换衣服和首饰，这样"超清新"的形象，去除了一切掩盖本质的东西，充分体现了简朴的力量和省略的艺术，也许这正是Miffy的人气地位始终屹立不倒的原因吧。

小档案：

诞生：1955年（算起来已经有52岁了，看不出来吧！）

籍贯：荷兰

性别：女生（Dick单纯地认为画裙子比画裤子容易得多，所以Miffy便定为女生了）

宠物玩偶：黄色小熊

特色：小嘴是一个叉叉，表情始终如一。

官方网站：www.miffy.com

NO.6——美乐兔Usazukin

日本AMUSE公司出品的美乐兔Usazukin模样乖巧可爱，还喜欢易装变身：时而打扮成其他各种小动物的模样，时而又装成瓜果蔬菜的形象，各种玩偶形象都让人爱不释手。

NO.5——药丸兔UsaColle

Mind Wave公司出品的UsaColle Friends，一眼看去不过是一堆彩色胶囊药丸，仔细一看竟然是胶囊状的小兔子，而且还打扮成鱼、蜜蜂、熊猫，甚至汽车、火箭的样子，惊叹日本人的奇思妙想。

药丸兔在生活中有很多怪招，招惹我们去喜欢它们，保护它们。当然，它们也会把快乐与我们分享，药丸兔的座右铭就是："Being seen makes us happy and dressing up is ..."

官方网站：http://www.usacolle.com/

NO.1 麦兜——香港制造的成人童话

麦兜是一只粉色的猪，准确地说，是一个猪样小朋友。这只由作家谢立文和画家麦家碧共同打造出的小猪，最初只是在香港的儿童杂志上刊载，却逐渐在院校以及知识界流行起来，成为一种时尚。人们被麦兜既深奥又幼稚，既忧郁又乐观的故事感染。

麦兜在人生的追求中屡屡尝试屡屡失败，但他却把生命过得自自然然，人们喜欢麦兜，就是因为他不完美，像我们每一个人。那种香港式的幽默和讽刺，给了一代香港人以勇气，如何去过最平常自然的日子。

据说，"在香港生存的十个理由"中最重要的一个理由就是：香港人有成人童话——麦兜故事。

麦兜不完全档案：

出生年月：1988年7月
性别：男
学校：春田花花幼儿园
梦想：当奥运冠军，去马尔代夫旅游
性格：单纯、憨厚、乐观、与世无争
官方网站：http://www.mcdull.hk/

第十二节

"猪" 你天天快乐
——关于猪的品牌

"鼻子有两个孔、黑漆漆的眼、耳朵那么大、尾巴卷又卷"，这熟悉的歌词一定会让你想到一系列可爱的猪形象。

MONOKURO BOO
Simple is best !!

NO.2 黑白猪——Simple is best

"Mono KuRo BOO黑白猪"系列是日本卡通巨头San－x公司推出的一款经典作品，可爱的两只小猪，色彩以黑、白、灰三色变化，造型设计简约又不乏时尚气息。

这两只一黑一白的小猪，长着小眼睛、方形身材、发出"BOO"的叫声，这种几乎谈不上设计的设计，却刚好迎合了现代都市人追求极简效果的心态。于是，其周边产品无论在港台、内地还是日韩都超受欢迎，被喜爱个性化流行小物的女孩子们所力捧。

黑白猪档案：

白猪（White Pig）
性别：女
出生日期：2005年3月
特点：白得可爱，身上发出阵阵清香，经常吸引蜜蜂在她的身边打转

黑猪（Black Pig）
性别：男
出生日期：2005年3月
性格：冷酷，不多说话且不修边幅

官方网站 http://www.san-x.co.jp/monoboo

NO.3 Z-Boy Big Pig——潮流天猪

上世纪七十年代的美国，一群胆大妄为且强烈挑战当时滑板文化的滑板队伍被称为Z-Boy，这支队伍不仅改变了当时的滑板技巧，同时也代表着现今滑板文化的起源。

Z-Boy品牌的创办人Nathan Pratt就是Z-Boy滑板队的创始队员之一，他在2004年画出PigHead CrossBone（猪头涂鸦），并以Z-Boy为名延伸出一系列的商品，创立了这个延续经典风格的品牌。

而Nathan之所以将这个随手涂鸦的小猪图案当作Z-Boy的品牌代表LOGO，是因为它不仅能够代表Z-Boy这支队伍不随波逐流，同时对生命充满幽默的精神，并希望能借由这个品牌表现出自由的真正含义！

官方网站 http://z-boy.com/

NO.4 布波猪——TBS代言人

小猪Boo Bo（布波）的设计理念与黑白猪有很多相似之处：黑白的配色、简单的线条、模式化的表情……这是因为，布波是日本电视台TBS（东京放送）的节目吉祥物，为了能应节目需要改变外形并加工，所以设计者尽可能地将图案简化。

布波的最大特点是将TBS的"B"设计为猪鼻子图案，这是日本排名第二的广告公司博报堂为TBS度身定做的，以方便这个小猪头形象随时出现在TBS的LOGO中。只要你打开TBS的网站，表情酷酷的布波就会以小小主持人的身份带你享受电视节目的乐趣。

布波猪档案:

姓名：Boo Bo
体重：100吨（相扑运动员的身材）
爱好：吃（嗜吃如命）
口头禅："波~！"

第十三节 I.t.家族全家福

I.T的起源可以追溯到一个简单的概念——以独特的时尚风格，满足年轻群组的消费需求。了解I.T的人都知道有大I.T和小i.t.之分。不管大小，它们走的都是复合式的品牌旗舰店路线，打个比方，就像屈臣氏那样，I.T下面既有自己门下生产的品牌，也有从世界各地网罗来的代理品牌。针对客户群的不同，大I.T网罗的是欧洲一些一线品牌以及它们的附属二线品牌；小i.t网罗的，主要是日本和欧洲的一些深受年轻人追捧的时尚个性品牌和自创品牌。

除了在i.t连锁店中销售外，i.t旗下的部分品牌像www.izzue.com, fcuk等同时也会独自开设专门店销售。现在，我们来认识一下i.t所包罗的品牌吧。

i.t家很多牌子都只在香港有卖，不过在一些服装批发市场里却能淘到这些没有引进内地的原单哦。

很多朋友都问我一个相同的问题：I.T和i.t有什么区别？最简单的方法就是从品牌或价格的角度来区分：

I.T和i.t仿佛是同一母体分裂出各领风骚的独立个体。I.T所关注的是目前在世界范围内走红的一线设计师品牌，如D&G、MiuMiu、JeanPaulGaultier、AlexanderMcQueen、Cacharel、A.P.C.、AnnaSui等，价格都很昂贵；而i.t立志成为年轻又有型的潮流人士之风尚标。I.T和i.t之间的区别说白了也非常简单：i.t更年轻化，价钱较低，流行元素更多样一些。

官方网站https://www.ithk.com

i.t.的主要自创品牌：

品牌名称：http://www.izzue.com
原产地：香港
产品：男装及女装
官网http://www.izzue.com/

品牌名称：b+ab
原产地：香港
产品：女装及配饰

品牌名称：5cm
原产地：香港
产品风格：中性化
官网https://www.5cm.com.hk/

品牌名称：double-park
原产地：香港
产品风格：HIP-HOP

作为i.t旗下主推街头文化的Double-Park，搜罗了十几个美国最有名的街头品牌，比如Xlarge、Subware板仔衫、Recom、Visval帽子和一流的Elemen、Zoo York滑板……还有自创个性品牌Fingecaross。

i.t.代理的主要品牌：

服装类

品牌名称：French Connection (FCUK)
原产地：英国
产品：男装及女装
官网http://www.frenchconnection.com/

品牌名称：carhartt
原产地：意大利
产品：男装
官网http://www.carhartt.com/

品牌名称：Arnold Palmer（小花伞）
原产地：美国
产品：女装及鞋
官网http://www.arnoldpalmer.com/

品牌名称：Baby Jane Cacharel Paris
原产地：法国
产品：女装及鞋

品牌名称：Fred Perry
设计师：Fred Perry
原产地：英国
产品：男装及女装
官网http://www.fredperry.com/

品牌名称：as know as
原产地：日本
产品：女装及配饰
官网http://www.asknowas.com/

品牌名称：BEAMS BOY
原产地：日本
产品：女装及配饰
官网http://www.beams.co.jp/

品牌名称：BEAMS T
原产地：日本
官网http://www.beams.co.jp

品牌名称：PAGEBOY
设计师：Hattori Mika
原产地：日本
产品：女装
官网http://www.alicia.co.jp/pageboy

品牌名称：POU DOU DOU
原产地：日本
产品：女装及配饰
官网http://www.poudoudou.jp

品牌名称：RAY CASSIN
原产地：日本
产品：女装
官网http://www.raycassin.com

品牌介绍：Tout A Coup
原产地：日本
产品：女装及配饰

品牌介绍：Vert Dense
原产地：日本
产品：女装

品牌名称：i.t loves mickey
原产地：美国
产品：休闲服装

品牌名称：Hyoma
原产地：日本
产品：便服

品牌名称：boxfresh
原产地：英国
产品：男装及女装
官网http://www.boxfresh.co.uk

品牌名称：Bulle De Savon
原产地：日本
产品：女装
官网http://www.ambidex.co.jp/bulledesavon

品牌名称：Childwoman
原产地：日本
产品：女装

品牌名称：Coigirl Magic
原产地：日本
产品：女装
官网http://www.coigirlmagic.com

品牌名称：Double Name
原产地：日本
产品：女装

品牌名称：MYSTY WOMAN
原产地：日本
产品：女装

品牌名称：EARTH MUSIC & ECOLOGY
原产地：日本
产品：女装
官网http://www.earth1999.jp

品牌名称：E-HYPHEN WORLD GALLERY
官网http://www.ehyphen.jp

品牌名称：Edwin
原产地：日本
官网http://www.edwin.co.jp

品牌名称：Final Home
原产地：日本
产品：男装
官网http://www.finalhome.com

品牌介绍：X-Girl
原产地：日本
产品：女装及配饰
官网http://www.x-girl.jp

品牌名称：underground
原产地：英国
产品：男装及配饰

鞋
ETE
　　ETE搜罗世界各地优质的鞋履及手袋，主要有以大胆新奇见称的西班牙品牌CAMPER，来自日本的女装鞋履专家 Fin和 RAS，经典运动品牌 Adidas、Nike、Converse等，满足顾客对鞋类时尚、舒适和高品质的要求。ETE 店内宽阔的开放空间设计，使顾客在舒适的环境中尽情享受购物的乐趣。

图书在版编目(CIP)数据

混搭天后：小教授vivi穿衣淘货经 / 小教授vivi著. —桂林：漓

江出版社，2009.12

ISBN 978-7-5407-4767-1

Ⅰ.①混… Ⅱ.①小… Ⅲ.①服装—选购—基本知识②服饰美

学—基本知识 Ⅳ.①TS976.4

中国版本图书馆 CIP 数据核字（2009）第209315号

混搭天后：小教授vivi穿衣淘货经

作　　者：小教授vivi

责任编辑：白　兰

责任校对：徐　明　章勤璐

责任监印：唐慧群

出 版 人：杜　森

出版发行：漓江出版社

社　　址：广西桂林市安新南区356号

邮　　编：541002

发行电话：0773-3896171　　010-85893190

传　　真：0773-3896172　　010-85800274

邮购热线：0773-3896171

电子信箱：ljcbs@163.com

http://www.Lijiang-pub.com

印　　制：北京市凯鑫彩色印刷有限公司

开　　本：965×1270　　1/24

印　　张：7

字　　数：100千字

版　　次：2009年12月第1版

印　　次：2009年12月第1次印刷

书　　号：ISBN 978-7-5407-4767-1

定　　价：30.00元

用美激励自己　用美改变生活

漓江·"阅美"系列图书
http:// lijiangpress.blog.sohu.com

《精油全书——当我们爱上芳香》
金韵蓉／著
2009年4月 出版　　定价：40.00元

　　由国际芳香疗法治疗师学会大中华区首席代表金韵蓉女士撰写的，关于芳香疗法的中国最权威读本。
　　经由作者的引领，我们在本书所描绘的芳香疗法的神奇世界里：追溯芳香疗法的前世今生；了解芳香疗法在治疗疾病、改善情绪、释放压力、恢复活力等方面的神奇功效；获得数十种草本及精油的使用方法。
　　从而深刻地感受到芳香以及精油的迷人魅力。

《丝吻天下》
沈　宏／著
2009年5月 出版　　定价：40.00元

　　该书全面而综合地包罗了有关丝巾的历史，名人轶事，丝巾结以及各种场合的丝巾选择等内容，以作者丰富的职业经历和深厚的专业修养为基础，以现代的着装礼仪知识和对丝巾的独特理解为元素，为正处于飞速发展的中国职业女性提供了一份由丝巾组成的时尚大礼。简洁、生动、富有个性的文字，近200幅精美的图片，使该书具有良好的可读性，观赏性和实用性。

《三十几岁轻松做妈妈》
胖星儿／著
2009年5月 出版　　定价：38.00元

　　一本能为都市熟龄女性带来好运的孕产枕边书
　　新浪著名博主胖星儿，在权威孕产专家的指导下记录自己十月孕产全过程的最新力作！本书集全新的美式孕产理念、熟龄产妇问题分析、权威专家指导于一身。除了营养、健康、禁忌等常规孕产问题，更兼顾到30+孕妇在生活方方面面之所需。
　　健康方便的时尚孕妇菜谱，使内容更加超值！

《简瑜伽》
范京广／著
2009年8月 出版　　定价：30.00元

　　作者通过12位职业女性的真实故事，向读者详细介绍了功效卓著的39个经典瑜伽体式，并告诉身为职业女性的你：身体出现了何种状况，需要何种瑜伽练习，需要多长时间能够恢复到何种程度……
　　本书还告诉你，练习瑜伽真的不是什么难事，它时刻贯穿于日常生活，是实用、有效的治疗法。同时，练习瑜伽让我们保持身心宁静，追求健康和安宁，从而唤起内在的能量。

《魅力女人的130件时尚圣品》上下
张晓梅／著
2009年10月 出版　　上册定价：32.00元
　　　　　　　　　　　下册定价：32.00元

　　是具有收藏价值的时尚读本，也是风格女人必备的装扮指南。
　　A字裙、平底芭蕾鞋、豹纹、铅笔裤、雷朋眼镜……那些经典的款式，经过设计大师的手笔以及众多女星拥趸的热爱，流传至今，已然成为风格的象征和全球女性的经典搭配范本，而每一个经典款式的诞生，无不具有值得珍藏的故事。
　　时尚畅销书作家张晓梅，借由本书对时尚王国中的经典品类和款型做了系统的讲述与品评，推开了时尚王国的神秘大门。

用美激励自己　用美改变生活

漓江·"阅美"系列图书
http:// lijiangpress.blog.sohu.com

《让我们做最好的母亲》

杨 文 麓雪 / 著

2009年4月 出版　　定价：25.00元

　　母亲的品质影响着孩子的人格，母亲的人生影响着孩子的未来。

　　好妈妈是孩子的老师，也把孩子当导师；好妈妈帮助孩子成长，也跟孩子一起成长。平等、包容、理解、信任。执着但不固执，强大但不强势，独立但不独裁，能干但不居功自傲。爱，但不溺爱……

　　"中国十大杰出母亲"杨文的人生经验，情感专栏"麓雪热线"主持人麓雪的真情声音，让我们一起来做最好的妈妈。

《葡萄有四种颜色》

何 农 / 著

2009年7月 出版　　定价：25.00元

　　葡萄晶莹剔透，酒滴流光溢彩。全球著名酒庄的兴衰变迁，世界顶级酿酒大师的传奇经历，橡木桶与酒窖中装载的异域风情，石墙围住的深厚精彩的葡萄酒文化，都透过红、白、粉红、金黄四种颜色折射出来。葡萄酒与人的故事，是最奢华的享受，也是最平常的感动。

　　书末附有独立的文字图表，专门介绍葡萄名称中法文对照、葡萄酒分类、品尝的具体感官反应等常识，便于读者"按图索骥"，因此本书又是具有葡萄酒基本指南功能的实用书籍。

《优雅是一种选择——听徐俐讲美丽的故事》

徐 俐 / 著

2009年7月 出版　　定价：30.00元

　　徐俐，锵锵的声音和从容的语调让她万众瞩目，端正的形象和大气的风格使她拥有粉丝无数。缤纷的职场生涯，使她对美丽女人的定义有着与众不同的理解。

　　本书是她的随笔集，在这里，徐俐以心为笔，对女性的魅力进行深度诠释。精致外表和充实内心，哪一个都是现代女性不该放弃的权利。时尚是一种理念，优雅是一种态度，而这些都来源于认真和执着的心。

《随肖邦去巴黎》

中野真帆子（日）/ 著　胡 菡 / 译

2009年9月 出版　　定价：25.00元

　　巴黎≈肖邦+李斯特+德彪西+席勒+乔治　桑+……　在中野真帆子的感受中，巴黎是最适合演奏肖邦的城市。在本书中，作者沿着肖邦在法国生活和创作的音乐足迹，探寻走访了与之相关的地方和人，并引经据典，用优美的文字与浪漫的情怀叙述了一段有人物，有景观，有历史，有曲调的城市故事。

　　打开本书，你将随作者的笔触行走在巴黎，远赴一场与肖邦的浪漫约会。

《女人30+》

金韵蓉 / 著

2009年9月 出版　　定价：30.00元

　　由资深心理学家金韵蓉为步入30的女人量身撰写。以读者在其BLOG上提供的亲身故事为基础，对30+女性在爱情、婚姻、孩子、职业生涯规划和身心修养五个方面给出建议与关怀。

　　清醒又不失乐观的文字，温暖、睿智，犹如一盆暖人的炭火，为面临结婚、生子、工作变动、生理变化的种种人生问题时常处于迷茫冰川的30+女人，带来温柔的指引和鼓励，更告诉我们，正向的价值观和积极的生活信念，会支撑我们的心灵无论遭遇诱惑、困顿、还是打击，都能够走向更坚强、更智慧、更美丽的自我。

　　于丹、李静、徐巍做序，杨澜、张晓梅、陈力推荐。